인 버 스

인버스

초판 1쇄 발행 2022년 12월 21일
초판 2쇄 발행 2023년 1월 31일

지은이 단요
발행인 안병현
총괄 이승은 **기획관리** 박동옥 **편집장** 임세미
기획편집 한지은 김혜영 정혜림 **디자인** 이선미 박지은 용석재 **마케팅** 신대섭 배태욱 **관리** 조화연

발행처 주식회사 교보문고
등록 제406-2008-000090호(2008년 12월 5일)
주소 경기도 파주시 문발로 249
전화 대표전화 1544-1900 **주문** 02)3156-3694 **팩스** 0502)987-5725

ISBN 979-11-5909-825-3 03810
책값은 표지에 있습니다.

인 버 스

욕망의 세계
INVERSE

단요 장편소설

🍪 마카롱

Intro

먼 옛날 사람들이 천국에 닿는 탑을 지으려 하자 천벌이 내려와 탑은 무너지고 사람들은 뿔뿔이 흩어지게 되었다고 한다. 하지만 각각의 삶이 거기서 끝났을 것 같지는 않다. 누군가는 폐허에 남은 벽돌을 주워 그럭저럭 안락한 집을 세웠겠지만 다른 누군가는 계속 탑을 쌓았을 것이다. 무너지고 무너지더라도, 혼자만 남아도, 얼간이 취급을 받아도, 계속. 그러다 언젠가부터는 처음에 바란 것이 무엇이었는지도 잊은 채 벽돌만을 옮기다 그만 죽어 버렸을 것이다.

나는 그런 삶을 잘 안다.

1부

주검으로 된 산

1

돈은 사람을 망친다. 이건 돈을 많이 벌면 사람을 얕잡아보기 마련이라거나, 뭐든 돈으로 살 수 있다는 착각에 빠진다거나 하는 말과는 아무 관련도 없다. 이 둘은 복요리를 즐기는 사람이 라면을 무시하는 것과, 누군가가 복어 간을 먹어서 죽는 것만큼이나 다르다.

수입이 많다고 해서 돈과 가까운 것도 아니다. 의사 같은 부류가 그렇다. 돈은 그네를 그냥 스쳐 지나가서 42평 아파트나 벤츠 E클래스나 참치 오마카세가 된다. 그게 바로 돈을 잘 흘려보내는 방식이다. 돌고 돌아서 돈, 이라는 말도 있지 않은가. 하지만 그 반대편에는 돈을 움켜쥐려 애쓰다가 진창에 구르는 부류가 있다. 이들에게 돈은 벽돌 같은 것이라 자신의 삶에 돈을 붙잡아 두고 쌓으려 한다. 돈 자체를 생각하는 사람은 모두 그렇게 된다. 그들은 주식판에, 코인판에, 파생상품 시장에 널려 있다……

성경의 바벨탑은 진흙 벽돌로 만들어졌다. 나스닥과 비트코인과 크루드오일의 시세는 붉고 파란 봉으로 지은 탑이다.

↗

스물셋. 세상을 다 알진 못해도 익숙한 부분만큼은 확실히 이해했다고 믿기 쉬운 나이다. 그런 믿음이란 초등학생, 중학생, 고등학생 때 한번씩 거쳐 온 어리석음과 비슷한 것이라 모든 확실함이 착각임을 깨닫고서야 비로소 무언가를 배우게 된다고들 한다. 말이야 옳은 말이겠지만 나만큼은 조금 예외라고 느낀다. 나이에 비해 꽤 많은 사건을 겪었고, 그 일들에는 각각 연관성은 있지만 대체로 개연성이 부족했다. 그런데 세상사란 원체 개연성이 없는 법이니 어떻게 보면 전형적이라고도 할 수 있었다. 이상한 방향으로의 전형성.

밥을 굶은 적은 없지만 학원비 낼 돈은 아예 없는 집안에서 자랐다. 고등학생쯤 되면 다들 학원을 두세 개는 다닌다니까 한 달에 적어도 50만 원은 아낀 셈이다. 아낀 돈이 모두 어디로 갔는진 의문이다. 집은 다행히 자가인데 은행에서부터 시작해 보험사에 저축은행까지, 근저당이 목 끝까지 차 있다. 후순위 담보는 담보 비율이 95퍼센트까지 잡힌다던가. 아버지가 사업을 한답시고 이곳저곳에서 돈을 많이 빌려 그렇다. 엄마 수입이 아니었더라면 진작에 빨간 딱지가 붙었을지도 모른다. 내가 아주 어릴 적에는 정말로 그런 일이 있었다고도 했다. IMF 외환위기 때 해고를 당하고 남은 돈으로 가게를 냈다가 폭삭 망했다고.

그 장면 자체는 떠오르지 않지만 빨간 딱지가 어떤 식으로 우리 집안에 남았는지는 잘 알고 있다. 서울에 있던 집을 빼고 수원으로 내려왔고, 아버지는 신용불량자가 돼 한참을 백수로 지내다가 재도전을 한답시고 엄마 명의를 빌렸다. 남자가 그러고 있는 게 미안하기도 하고 자존심도 상해서 그랬단다. 아마 자존심 문제가 더 컸겠지만 그게 순전히 이기적인 결정이었다고 말하고 싶지는 않다. 나는 어릴 때부터 영악하도록 멍청한 면이 있어서 아버지 속을 긁어놓곤 했던 것이다.

"아버지는 왜 집에만 있어요? 대형마트에서 캐셔라도 하면 달에 100만 원이라도 벌지 않겠어요?"

열 살 무렵 남들 앞에서 한 말인데, 그 후 아버지가 사업 판에 뛰어든 건 우연이 아니라고 믿는다. 그러니까 나는 마음 편하게 가련해질 입장은 아니다. 남들은 단과학원을 두 개씩 다니고 과외를 받는데 나는 메가스터디 패스도 못 끊은 채로 고

3이 되었다며 소리 지른 적도 없다. 그런 건 처음부터 중요하지 않았기 때문이다. 중요한 일이란 차라리 이런 것이다. 아버지의 사업이 두 번 더 망했고 세 번째에야 겨우 궤도에 들어선 것. 지금도 장부상으로는 흑자인데 김 사장인지 누구인지가 대금을 제때 주지 않는 일이 반복돼서, 실제로는 들어오는 돈이 들쭉날쭉하다는 것. 대출이자를 계산에 넣으면 수익이 나고 있는지부터가 수수께끼라는 것. 그나마 엄마가 기술번역 일로 돈을 좀 번 것.

아버지 컴퓨터를 쓰다가 유서 파일을 읽은 적이 있다. 대출서류는 그것보다 더 많이 봤다. 아버지는 이틀에 한 번꼴로 거래처와 통화하면서 안방에서 고함을 내질렀고 엄마는 그런 시간들이 자신을 통과해 나가는 것처럼 굴었다. 한편 나는 이집안이 얼마나 행복하고 얼마나 불행한지 고민하느라 침대에 누워 있곤 했다. 낡긴 했어도 어엿한 아파트에 살고 있으니까, 창틀에서 물이 새지도 않고 화장실 수압도 괜찮으니까, 돈이 없대도 새 옷을 사고 학원에 갈 돈이 없는 것이지 관리비 내고 밥 먹을 돈은 항상 있으니까, 용돈이 딱 3만 원이긴 해도 아르바이트를 해서 가계에 도움이 될 필요는 없으니까 나는 진짜 가난을 겪은 건 아니었다. 하지만 그게 항상 주위를 맴돌고 있음은 느껴졌다. 안개에 덮여 언뜻언뜻 윤곽으로만 나타나는 것들이 언제든 훅 눈앞으로 다가올 수 있다는 느낌.

수능을 치고 바로 아르바이트를 시작했다. 첫 월급은 130만 원. 부모님께 10만 원씩을 드리자 남은 돈이 110만 원. 3월까지 한 푼도 안 쓰고 모으더라도 대학 등록금과 원룸 보증금을 충당하기에는 빠듯했다. 돈을 더 벌어야 했지만 방법이 마땅치 않았다. 고액 알바 게시글에 솔깃해져서 면접을 보러 갔다가 성매매 업소라는 걸 알고 돌아 나온 날, 나는 새삼스러운 진실을 깨달았다. 평범한 스무 살짜리 여자애에게 매겨지는 돈은 기껏해야 최저시급이고, 그보다 큰돈을 얻어내려면 위험을 무릅써야만 했다.

업소에 나가는 건, 병에 걸리거나 경찰에게 잡혀 가는 건 내가 감당하기엔 벅찬 위험이었다. 고3 때 같은 반 남자애들이 라이브바카라 사이트에 입금하던 모습을 떠올려보기도 했지만 그것도 마찬가지였다. 인터넷 도박에 미래를 걸 마음은 없었다. 결국 해결책으로 생각해 낸 건 주식이었다. 객관적인 지표와 흐름이 있어 보이는 것. 대박이 난 사람도 많고 가산을 탕진한 사람도 많은 그것. 그러면서도 완전히 합법인 것.

차트 공부는 책 한 권과 인터넷 게시글로 했다. HTS(Home Trading System) 프로그램에도 빠르게 익숙해졌다. 초심자의 운이겠지만 수익도 조금 났다. 110만 원의 15퍼센트인 16만 5,000원. 진짜 문제는 주식판이 사람들이 겁주던 것에 비하면 아주 시시하다는 데에서 비롯됐다. 그럴듯한 회사들은 이슈가 없으면 하루에 1~2퍼센트 움직이는 게 다였다. 은행 예금에 비하면 엄청난 변동성이지만, 어쨌든 하루아침에 가산을 탕진하는 사람도, 눈떠 보니 벼락부자가 된 사람도 여기엔 없었다. 몇 달, 혹은 몇 년에 걸쳐 하락세를 버티고 대출을 받아 가다가 마침내 패배 선언을 날리는 사람과, 어떻게든 승리한 사람이 있을 뿐이었다. 불나방처럼 급등주를 따라다니는 게 아니라면 이건 결국 장기전이었다.

그러니까 급등주라도 따라다녔으면 좋을 텐데, 내가 고른 길은 아예 주식판 바깥으로 나 있었다. 해외선물 계좌를 튼 것이다. 한국거래소에서 주관하는 국내선물은 파생상품 사전교육을 받고 따로 등록을 해야 하는 등 절차가 복잡했지만 해외선물은 증권사 안내전화만 한 번 받으면 끝났다. 선물은 초고위험 파생상품인데, 원금 초과손실의 위험이 있고, 본 거래는 미국 CME(시카고거래소)에서 진행되는 것이므로, 증권사는 중개인 이상의 책임을 질 수 없다는 안내. 짧게 줄이자면 빚더미에 깔려도 따지지 말란 거였다. 선물은 그만큼 위험한 투자였다.

시세의 방향을 맞추는 게임이 바로 선물이다. 구리나 옥수수 같은, 기초 자산의 미래 가격이 현재가보다 높을 것 같으면 매수를 걸고 그 반대라면 매도를 건다. 미래 가격과 현재가의 차이만큼이 거래자의 수익이 된다. 주식과는 달리 가격이 오르든 내리든 돈 나올 구석이 있다는 말이다. 레버리지 배율역시 만만치 않았다. 구리 가격이 1퍼센트 변동할 때마다 구리 선물 계약의 수익률은 위아래로 15퍼센트씩 요동쳤다. 하루 만에 원금을 모두 날리는 것도, 두 배를 버는 것도 여기서는 일상이었다.

고(高)레버리지에 양방향 거래. 바로 이거였다. 욕심이 충분히 커진 다음에는 치기가 자라나기 시작했다. 한몫 잡아 봐야겠다는 생각으로 머리가 가득 차면 갖가지 실패담은 조언이아니라 얄미운 참견처럼 들리기 마련이다. '주식은 몰라도 파생상품 쪽은 결말이 나쁘다', '나도 처음엔 잘 풀렸지만 결국이 꼴이 났다' 하는 말들은 성공을 가로막는 방해꾼 같고 나를 얕잡아보는 누군가 같다. 그래서 내 실패를 미리 읊어 주는모든 경험담에게 한 방을 먹이고 싶다는 욕구가 올라온다. 누구나 처음에는 그런 착각을 한다. 나는 다르다는 착각. 꽤 영리한 편이고, 감정을 추스르는 법도 알고, 물욕이 심하지도 않으니까, 중독자처럼 굴지 않고 적당한 선에서 끊어 낼 수 있을거라는 착각. 현실은 그렇지 않다. 마음이 돈을 다루는 게 아니라 돈이 마음을 다룬다.

다들 그렇듯이 나도 처음에는 꽤 잘 벌었다. 적응 기간이 끝나자마자 500만 원으로 3,000만 원을 만들었으니까. 일 학년중간고사를 마치자마자 학교엔 가지도 않고 자취하던 원룸에서 해외선물 매매에 매달렸다. 내 재능은 단타보다는 갖가지 사실들을 짜 맞춰서 그럴듯한 시나리오를 쓰는 데 있었다. 파종기 날씨를 감안하더라도 재배면적 발표나 재고량을 보면 수확기에는 대두가 남아돌 거라고. 그러니 적당한 시기에 대두 매도를 잡고 WASDE(세계곡물수급전망) 발표까지 기다려 보자고. 신기가 있는 게 아닐까 싶을 만큼 기막히게 잘 맞았다. 블로그를 운영하면서 유명세를 끌기도 했고 사람도 만났다. 그러다 불타기로 퇴학당했다.

불타기란 물타기의 반대어다. 수익을 내는 상황에서, 수익금을 돈으로 바꾸는 대신 계약을 추가해 가며 더 큰 이익을 노리는 일. 성공하면 대박이고 실패하면 두 배로 속이 쓰리다. 가만히 있었으면 뭐라도 건져 갔을 텐데 오히려 손실이 났으니 말이다. 하락 초입에는 물량을 늘릴 기회라고 위안을 삼아 보지만, 계좌의 빨간불이 파란불로 변하기라도 하면 비상신호가 울린다. 지금이라도 잘라 낼까? 아니면 더 버텨 볼까?

결정을 내리기도 전에 3분봉이 모든 추세선을 뚫고 무너진다. 지난 3주간 쌓아 올린 시세가 한순간에 날아가는 것이다. 이마에 열이 오르고 귀에서는 이명과 심장 소리가 번갈아 울린다. 절벽을 그리는 차트를 보았다가, 발작하듯 날뛰는 호가창을 보았다가, 계좌를 보는 일을 기계적으로 반복하다가 결국엔 차트 화면을 제일 크게 키워 놓는다. 그리고 봉차트 위에 갖가지 선을 그으며 방향이 바뀔 자리를 찾아본다. 아니면 그런 자리가 있으리라고 믿어 본다. 프로그램을 닫고 이게 순간적인 하락이며 지금만 잘 버티면 수익이 복구될 거라는 꿈을 꾸기도 한다. 지금까지 다 맞았으니까, 이번에도 내 뷰가 옳을 거라고. 이건 시장이 잘못된 거라고. 그러는 동안에도 시간이 흐르고 손해는 빠르게 늘어난다.

그래도 여기까지는 그럭저럭 괜찮다. 판단할 여력이 있고 돈도 어느 정도 남았으니까. 사실 처음 겪는 일도 아니고, 몇 달에 한 번씩은 이렇게 얻어맞기 마련이니까. 진짜 문제는 갑자기 머리가 맑아지면서 새파란 숫자가 돈도 무엇도 아니라 그냥 숫자로 보일 때부터 시작된다. 깨달음을 얻은 것만 같고, 세속적인 모든 것으로부터 벗어날 수 있을 듯한 감각. 방향이 바뀌어서 다시 치고 올라가면 다행이고, 아니면 아닌 대로 초월할 수 있을 거라는 성스러운 느낌. 불교에서는 한순간에 눈이 뜨여 깨달음을 얻는 일을 '돈오(頓悟)'라 부른다고 한다. 나는 돈오한 수도승이었고 고행하는 구도자였다. 반대매매가 나가기 전까지만.

손해가 커져서 증거금을 맞추지 못하면 증권사가 독촉 문자를 보내다가 먼저 계약을 청산한다. 계좌의 고점은 4억 8,000만 원. 고작 다섯 시간이 지나 남은 돈은 1억. 평범한 스물둘에게는 차고 넘치는 금액이었지만, 남은 숫자를 보자 머리가 돌았다. 혹은 정신이 돌아왔다. 뇌가 진통제를 쏟아내는 데에도 한계가 있는 법이었다. 왜 손절을 안 했지? 하락 초입에라도 정리했으면 돈이 꽤 남았을 텐데? 답은 이미 알고 있다. 사라진 수익이 아까워서, 금방 반등이 나올 거라는 믿음에 눈이 먼 것이다. 텅 빈 계약 창을 한참이나 노려보다가 밖으로 나와 걷기 시작했다. 골목에 세워진 BMW 3시리즈가 눈에 들어왔다. 누군진 몰라도 꼴에 외제차를 타고 다닌다고 생각하다가 담장 벽에 머리를 확 박아 버렸다. 람보르기니 우라칸에 BMW를 얹어서 날린 녀석보다는 BMW라도 굴리는 녀석이 나은 법이었다.

그때까지 나는 자동차가 없었다. 호캉스를 가 본 적도 없고 120만 원짜리 풀빌라에서 놀아 본 적도 없었다. 참치 오마카세는 사람을 만날 때에나 얻어먹었고 술은 안 했다. 자신이 전업 투자자라고 주장하는 투기꾼들은 자연스럽지 않은 방식으로 자연스럽게 검소해졌다. 1억 원이 있다고 덥석 외제차를 사는 건 월급쟁이에게나 어울리는 발상이기 때문이다. 투기꾼들은 돈을 굴려서 두 배로 만들면 원금은 그대로인 채로 차가 생긴다고 믿는다. 하지만 2억 원이 생겨도 뭔가를 사는 일은 여전히 없다. 이제 4억 원을 만들 수 있는데 왜 그런단 말인가?

달리 말하면 나한테는 4억 원이 될 수 있는 1억 원이 있었다. 며칠쯤 마음을 가다듬고 다시 시장에 뛰어들었다. 하지만 일은 잘 풀리지 않았고 계좌 잔고는 5천이 됐다가, 7천이 됐다가, 2천이 됐다가 했다. 내 주특기는 큰 흐름에 타서 길게 먹는 거였는데 복구에 눈이 뒤집혀 단타를 치게 된 것이다. 양방향으로 번다는 건 양방향으로 잃는다는 말의 다른 표현임을 계좌로 배웠다. 스물한 시간을 자고 세 시간을 깨어 있는 날과 세 시간을 자고 스물한 시간을 깨어 있는 날이, 10만 원짜리 참치 한 판을 배달시켜 홀로 먹어치우는 날과 자학하듯 물만 들이켜는 날이 반복됐다. 행운을 훔쳐간 범인을 색출하듯 골목을 누비며 비싼 외제차를 찾아다니기도 했다. 그리고 차주는 여력도 안 되는데 사금융에서 터무니없는 돈을 빌린 이십 대일 게 분명하다며 중얼거렸다. 거기에 비하면 내가 낫지. 누구인지도 모르는 사람을 상대로 혼자서 자존심 싸움을 했던 셈이다. 돈 때문에 머리가 돌면 무엇이든 할 수 있다.

그런 와중에도 나는 꽤 기분이 좋았고 알 수 없는 행복감과 낙관에 사로잡혀 있었다. 가끔은 잠이 올 때까지 울었지만 다음날 아침에는 솜털에 감싸인 채 멀리서 다가오는 송가를 듣는 기분이 돼서, 헤헤 웃었다. 잔고가 500만 원까지 내려오고서야 겨우 정신을 차린 건 순전히 대출이 안 나왔기 때문이다. 소득증빙이 불가능한 데다가 신용카드도 없는 무직자에게 돈을 빌려줄 곳은 합법적인 선 안에 없었다. 대부업체라면 모를

까. 그렇다고 해서 지인에게 빌리기에는 자존심이 상했다. 결국 HTS를 지우고 투자 블로그를 닫고 오피스텔 계약기간이 끝날 때까지 게임만 하다가 본가로 돌아왔다. 방학이라고 둘러대면서.

부모님은 내가 제적당했다는 걸 모른다. 자기 자식한테 4억 8,000만 원이 있었던 과거를 모른다. 2017년 초부터 2019년 말까지의 기억은 오로지 내 것이다. 2020년. 이제 나는 스물세 살이고, 대학교는 제적당했고, BMW는 물론이고 토익 점수조차 없다. 오피스텔 보증금을 뺐더니 1,200만 원이 남았는데 그 돈이 3년에 값하는 것 같지는 않다. 빚이 생기지 않은 게 그나마 다행인가. 완전히 미쳐 버리기 전에 제정신을 차렸으니 거기에 감사함을 느끼고 나 역시 전형적인 불나방이었음을 교훈 삼아야 하는 건가. 거래를 시작하기 전에는 실패담을 잔뜩 비웃었는데 결국엔 똑같은 꼴이 됐다는 사실이 우습기만 했다. 그리고 더 우스운 사실은…… 내가 아직도 그 꿈을 간직하고 있다는 거였다.

2020년 2월 마지막 주. 길거리에는 겨울의 추위와는 다른 스산함이 감돌았고 네이버 실시간 검색어에는 대구 봉쇄가 키워드로 떴다. 동네 사람이 코로나19에 걸렸다 치면 동선이 일일이 밝혀졌다. 그 사람이 누구인데 두 집 살림을 차리고 있느니 하는 가십이 문앞까지 날아드는 데는 채 하루가 걸리지 않았다. 코스피는 2,200을 넘었다가 굴러떨어졌고 나스닥도 분위기가 어수선했다. 국제 유가도 주춤했다. 매도 포지션을 잘만 잡는다면 돈을 꽤나 벌어 갈 시기였다.

그러니까 나는 그 미친 짓을 또 하려 하고 있었다. 1월 말부터 떠올리던 몽상이 구체적인 생각으로, 확신으로, 행동으로 변하기까지는 한 달의 시간만으로도 충분했던 것이다. 이미 열 번은 읽은 기사를 또 읽어 내려가다가 손바닥으로 얼굴을 벅벅 문질렀다. 이마에 오른 열이 흘러내려서 뺨에 닿고 있었다. 지금 하려는 게 잘하는 짓인지 분간할 수가 없었다. 아마도 끔찍한 짓이긴 할 것이다.

"정 사장님, 그때 약속한 거 기억하시죠?"

나는 정운채에게 전화를 걸었다.

2

"야, 이거 오랜만이다. 반년쯤 됐지?"

아무 일도 없었다는 듯 어투가 뻔뻔스러웠다. 하지만 굳이 반년을 들먹이는 걸 보면 정운채도 저번에 싸운 걸 마음에 담아 두고 있는 게 분명했다. 작년 여름쯤, 내 계좌가 손해로 돌아서기 직전의 일이었다. 연을 끊을 작정으로 시비를 걸었는데 정운채는 뭔가가 못내 아쉬운 모양이었다. 자기 번호를 차단하든 말든 신경이야 안 쓰겠지만, 원하면 언제든지 연락하라는 거였다. 만약 시드까지 잃으면 돈을 좀 대 주겠다고. 그때는 사장님 돈 받을 생각 없어요, 하고 뛰쳐나왔는데 이젠 그말이 진심이길 빌고 있었다.

"다 잃었냐?"

"아뇨. 다는 아닌데 총알이 좀 부족해져서."

묘한 자존심을 세우고 있자니 우습기만 했다. 정운채가 그때 약속한 돈은 작은 거 한 장이었다. 1,000만 원. 잔고가 수억 원대였던 놈이 고작 천을 빌린답시고 전화를 넣고 있으면, 안 봐도 뻔했다. 정운채도 똑같은 생각을 했는지 스피커 너머에서 낄낄거리는 소리가 들렸다. 나는 상대가 이죽거리기 전에 서둘러 뷰를 읊었다. 종합지수 움직임이나, 구리 가격이나, 유조선 상황이나 모두 심상치 않다고. 대폭락이 올 게 분명하다고.

"그러니까 이왕 줄 거면 조금만 더 줘요. 한 장만 더."

나는 그렇게 말을 매듭지어 놓고는 스스로 놀랐다. 돈이야 많을수록 좋겠지만 대뜸 이럴 마음은 없었는데.

"새끼야, 오늘 금요일이지. 28일. 오늘 코스피가 4퍼센트가 떨어졌는데 뉴스만 봐도 나오는 걸 가지고 무슨 호들갑을 떨고 있어. 대폭락은 이미 왔잖아. 오일도 한 주에 거의 20퍼센트가 빠졌는데."

다행히도 정운채는 구걸꾼을 상대하는 일이 익숙한지 부탁 자체에 대해서는 토를 달지 않았다. 이왕 나온 말이니 조금 더 밀어붙여 봐도 되겠다는 계산이 섰다.

"오늘이 끝이 아니라니까요. 이건 그냥 시작이고요."

"코스피, 지금 2,000 아래인데? 1,700이라도 간대?"

"더 아래요. 1,500도 간다고 봐요. 크루드오일도 30 아래. 제 블로그에 대충 써 놓긴 했는데…….."

이건 1,000만 원을 더 달라는 것보다 훨씬 터무니없게 들릴 소리였다. 코스피 1,500은 리먼브라더스 사태에나 보였던 숫자고, 당시에도 크루드오일의 저점은 40달러 전후였으니까. 당장 한 달 전에는 미국이 이란 사령관을 드론 공습으로 죽여서 유가가 치솟고 있었으니까. 미 셰일유의 생산원가는 30달러에서 40달러 사이니까. 골드만삭스의 비관적인 리포트를 감안하더라도 30달러를 뚫고 내려가리라 확신하기는 쉽지 않았다. 그래도 나는 다단계 회원이 건강식품의 효험을 읊어 대듯이 단언했다. 세상일은 한치 앞을 분간할 수 없는 것이라지만 영업을 하려면 모르는 것조차 안다고 주장해야 했다.

"이거 진지하게 하는 소리야, 아니면 돈 더 받으려고 아무 말이나 하는 거야?"

"제가 뷰 가지고 장난친 적 있어요?"

"망한 적은 있지."

나는 말문이 막혀서 입을 다물었다. 심장이 여남은 번 뛸 동안 침묵이 감돌더니 정운채가 낄낄 웃었다.

"내일 밥 한번 먹자. 토요일이잖아."

"예?"

"오랜만인데 얼굴은 봐야 할 거 아니냐. 항상 고기 먹던 데

알지. 거기. 거기 7시에 예약 잡아 놓을 테니까 알아서 오고."

그러고는 통화가 뚝 끊어졌다. 나는 침묵 속에서 정운채와
의 만남을 떠올렸다.

⁂

사람은 불안에 휩싸여 있다. 연단에 서는 강사도, 시사 프로
그램을 진행하는 평론가도, 정치인도 모두 마찬가지다. 말솜
씨에 걸려드는 사람의 수를 확신의 근거로 삼는 부류와, 믿음
을 주어도 괜찮을 만큼 그럴듯한 말을 찾아다니는 부류가 있
을 뿐이다. 나는 전자였고, 내 의견은 언제나 남을 설득한 다
음에야 완성됐다. 투자 블로그를 운영한 것도 그래서였다. 매
매일지를 기록하고 시장에 대한 관점을, 그러니까 '뷰'를 정리
해서 올리는 블로그.

딱히 전문적인 이야기를 하진 않았지만 입담이 괜찮았던 덕
에 방문자 수는 빠르게 늘어났다. 댓글도 대체로 호의적이었
고 블로그와 연계된 SNS의 DM(다이렉트 메시지) 창은 조언을
구하는 사람들로 넘쳐났다. 유입경로 통계는 이따금 증권사나
펀드회사의 사내메일 페이지를 목록에 띄웠다. 진짜 금융인들
이 내 글을 돌려보고 있다는 뜻이었다. 도대체 무슨 이야기가
오가고 있을까. 희망찬 꿈을 꿔 보기도 했지만 비웃음이나 사

고 있을 확률이 높아 보였다. 나는 이십 대 초반이었고, 금융 업계에 종사하기는커녕 경제학과조차 아니었다. 심지어 수능에서 경제 과목을 고른 적도 없었다. 공개 발표 자료와 해외 기사들을 짜 맞춰 소설을 쓰고 있을 뿐이었다. 글솜씨로 눈가림을 하는 것이지, 진짜들이라면 이런 얄팍한 속임수쯤은 쉽게 알아차릴 게 분명했다.

하지만 사기극은 이상하게도 잘 풀렸다. 디테일은 좀 틀릴지 몰라도 큰 방향만큼은 확실했고, 수익을 내는 데에는 그것만으로도 충분했다. 블로그 방문객들이 고맙다며 주는 기프티콘이면 한 달 내도록 치킨과 피자를 시켜 먹을 수 있었다. 주식 종목을 주제로 글을 쓰더라도 박수를 받았다. 어쩌면 정말로 재능이 있는지도 몰라. 신기일 수도 있고. 나는 그렇게 생각하기 시작했지만 확신의 재료를 구하기는 쉽지 않았다. 인정 욕구는 두 종류의 시선을 요구했다. 아래로는 나를 우러러보는 팬들이, 위로는 나를 인정해 주는 한 명이.

그러던 어느 날 정운채가 DM 창에 나타났다. 2018년 중순이었다. 자긴 사업을 하는 사람인데 직접 만나 대화를 나누고 싶다는 거였다. 나를 추켜세우지도 않으면서 담백하게 연락처만 남긴 게 신뢰가 갔다. 지금까지는 만나자는 제안을 모두 사양했지만 이번에는 기대를 걸어도 되겠지 싶었다. 그리고 실제로 만난 정운채는, 내가 기다리던 바로 그 사람이었다. 삼십 대 중반의 사업가. 멀끔한 차림에, 벤츠도 BMW도 아우디도 아닌 외제차를 굴리고, 비싸 보이는 시계를 차고, 휴대폰을 용도별로 세 개나 가지고 다니는 데다가, 누구한테도 주눅 들지 않을 것 같은 사람. 평범한 스물한 살이라면 지나가다가 마주치지도 못할 사람.

"진짜 어리시네요. 이래서 나이를 숨긴 건가?"

"네, 그렇죠. 스물한 살이면 엄청 어린 거고, 애가 하는 소리를 진지하게 들어줄 사람은 없으니까."

"여자시고."

"뭐, 네, 아무래도."

"난 서른여섯인데, 말 편하게 해도 되지?"

정운채는 딱히 놀란 기색도 없이 태도를 바꿨다. 나는 그게 무슨 의미인지 생각해 봤다. 친근감의 표시인지, 얕잡혀 보이고 있는 건지. 둘 다일 듯했다. 내 블로그는 방향이 대강 맞을 뿐이지 분석이 정밀하진 않다. 오히려 허술한 편이다. 정운채가 블로그의 주인을 알고 싶어 했던 것도 그 때문이었을 것이다. 내용은 어설픈데 방향만 이상하게 잘 맞아서. 그래서 무지 티셔츠에 청바지를 걸친 여자애가 나타난 걸 보고 궁금증을 풀었을 것이다.

하지만 그것만으로 끝날 관계는 아니었다. 정운채는 아직 내게 기대가 남은 듯했고, 나는 잘나가는 사업가와 친해지고 싶었다. 비싼 물건이나 식사를 바라는 게 아니라 그냥 친해지고 싶었다. 스물한 살은 타산을 따지지 못해도 속물이 될 수 있는 나이였다. 남을 만족시키는 것과 내가 만족하는 것을 혼동할 나이기도 했다. 저녁을 먹는 동안 나는 최선을 다해서 떠들었고 정운채도 거기에 만족했다.

"야, 너 말 진짜 재밌게 한다."

"블로그 보셨잖아요. 말발이 있으니까 사람들이 읽고 그러는 거지."

"알지. 아는데 여럿 앞에서도 그럴 수 있어?"

"여럿요?"

"아프리카TV나 유튜브 같은 거 있잖아. 나 방송 쪽도 좀 굴리거든. 얼굴 걸고 하는 매매방송인데, 꼭 매매만 하는 게 아니라 게임이든 일상이든 네가 관심 있는 주제도 섞을 수 있고…… 잘 버는 애는 달에 억대로 가져가."

"TV 방송 하는 사람도 그렇게는 못 벌지 않아요?"

"어차피 거기 방송 나가는 애들이 다 옮겨 와서 유튜버 하는 거야. 넌 블로그도 잘나가니까, 같이 굴리면 시너지 효과도 나겠다."

"어쨌든 전문가잖아요. 전 그냥 고졸이고, 뭣도 없는데."

"전문가들도 뭐 없어. 애초에 집에서 편하게 돈 벌 수 있는데 왜 굳이 방송국 스튜디오에 나오겠냐. 매매로는 수익이 안 나니까 그러는 거야. 아무튼, 내가 보기에 넌 된다. 얼굴가죽 다 늘어진 양반들이 봉차트에 그림 그리고 있으면 그걸 누가 보겠냐. 어린 여자애가 신나게 떠들면서 매매하는 거 자체가 세일즈포인트지. 어릴수록 잘 팔려."

"제가 여캠방 할 얼굴은 아닌 것 같은데요. 그런 거 하려면 준연예인급은 돼야 하고, 화장 같은 것도 배워야 할 테고……."

"말 잘하잖아."

"그래도요."

석연찮은 대답으로 거절을 마무리짓자마자 다음 제안이 이어졌다.

"그러면 투자 자문은 어때."

"리닝방요? 리딩방 그거…… 사기 아니에요?"

"아니, 인마. 네가 블로그에서 하는 거 사람 상대로 하는 거야. 나라에 등록하고. 텔레그램이나 카톡에 방 파서 굴리면 되니까 직접 사람 만날 필요도 없어."

나는 기세등등하게 굴다가도 기회가 생기면 쉽게 자학했다. 잘나가는 사업가에게 인정받은 건 기쁘지만 딱 거기까지만이었다. 깔끔한 문장 뒤에 숨는 건 가능해도 얼굴을 드러내고 유튜브를 할 수는 없었고, DM에 답장하고 피자 한 판을 얻어먹는 건 즐거워도 정말로 투자 자문을 해 줄 깜냥은 없었다. 무엇보다도 틀려서 원한을 사게 될 가능성이 두려웠다. 블로

그보다는 유튜브가, 유튜브보다는 투자 자문이 더 위험했다.

"아무튼 진짜 안 해요. 못해요."

"돈 잘 벌려."

"제가 매매해서 벌게요."

정운채는 나를 몇 번 더 부추기다가 내가 끝끝내 태도를 바꾸지 않자 아쉽다는 듯 물러섰다. 그러고는 생각 있으면 언제라도 말하라고 했다.

다른 이유로도 연락은 자주 왔다. 나한테 의견을 구하거나, 만나서 초밥 오마카세를 사 주거나 하는 식으로. 제안을 받아들일 마음은 여전히 없었지만 정운채 같은 사람에게 관심을 받는 건 즐거운 일이었으므로 관계는 계속 이어졌다. 정운채가 굴리는 사업에 대해서는 일절 궁금해하지 않으면서. 그걸 알았다가는 뭔가 단단히 잘못될 거라는 예감이 있었던 것이다.

그러니까 사실은 처음부터 잘못되어 있었다. 구독자가 100만인 유튜버도 달에 1억 원을 버는데, 보는 사람도 많지 않은 매매방송이 억대를 가져가는 건 말이 안 됐다. 아무 이력이 없는 애한테 투자 자문을 맡기려는 것도. 짧게 줄이자면 정운채는 대여계좌 사이트를 몇 개씩 굴리는 작자였고 난 총판 후보였다.

강원랜드가 있으면 사설 바카라 사이트가 있듯이, 스포츠토토가 있으면 사설 토토가 있듯이 해외선물판에도 합법과 불법이 공존했다. 바로 정식 증권사와 대여계좌다. 증권사는 합법, 대여계좌는 불법. 대여계좌 업체는 저렴한 수수료와 훨씬 높은 수익률을 미끼로 고객을 끌어들였고, 신용불량자라서 증권사 거래를 할 수 없거나 투자금이 부족한 부류를 주 타깃으로 삼았다. 물론 이런 업체들은 CME 시세만 연동할 뿐이지 실제로 거래를 중개하진 않았다. 전용 프로그램에서 계약이 체결되고 청산되는 모습만을 흉내 내는 게 고작이었다. 수익도 손실도 숫자 놀음이고 사기극에 불과했다.

여기에서 결정적으로 비즈니스가 성립하는 건, 이용자의 절대 다수가 손해를 보기 때문이었다. 손실액은 돌려주지 않아도 되니 업체의 수익이 된다. 적낭히 이득을 본 사람이 출금 신청을 하면 돈을 내어 준다. 그러다가 가끔, 정말로 대박을 친 사람이 나오면 계좌를 지우고 원금만 돌려준 뒤 쫓아내 버린다. 소위 먹튀라는 것이다. 대여계좌를 이용하는 시점에서 떳떳하지 않은 건 피차일반이니까, 먹튀를 당하면 경찰에 신고할 수도 없고 앓기만 해야 한다. 이런 사정을 모두 더하면 업체는 유리한 자리에서 일방적으로 돈을 긁어모을 수 있었다.

관건은 접근성이었다. 돈을 턱턱 입금할 호구를 끌어모을 방법. 해외선물 대여계좌는 바카라나 사설 토토에 비하면 이 부분에서 확실히 불리했다. 바카라는 플레이어와 뱅커만 구분할 줄 알면 룰을 다 아는 셈이고, 한국 남자라면 축구든 야구든 하나는 보기 마련이었지만, 해외선물에는 낯설고 어려운 이미지가 있었다. 경제를 잘 알아야 할 것 같고, 함부로 접근하면 안 될 것 같은 느낌.

그래서 전자가 불법 만화사이트의 배너광고로 손님을 끌어모으는 동안 후자는 전혀 다른 영업로를 뚫어야만 했다. 리딩방의 전문가가 투자자문을 하다가 업체를 은근슬쩍 소개한다거나, 유튜브 채널을 굴린다거나 하는 식으로. 어린 여자애가 잘 팔린다는 건 그런 뜻이었다. 별거 없어 보이는 애가 큰돈을 벌어 가는 모습을 보여야만 해외선물을 만만하게 보고 달려드는 사람이 많다는 거였다.

이런 영업사원들은 총판이라 불렸고 자신이 끌어들인 고객들을 통해 돈을 벌었다. 거래마다 2퍼센트가량의 수수료를 떼어 받거나, 업체가 벌어들인 손실액을 반반 비율로 나누는 식이었다. 전자는 롤링총판, 후자는 죽장총판. 후자가 중요했다. 내 소개로 가입한 사람이 1,000만 원을 잃을 때 내가 500만 원을 번다면, 죽장총판은 은근히 손실을 유도할 수밖에 없었다. 이상한 자리에서 손절 사인을 내린다거나 하면서. 방송이든 리딩방이든 간에.

결국 죽장은 도박과 다단계의 사악한 부분만을 긁어모은 듯한 구조였다. 원한을 사지 않으면 이상했다. 신고를 당해 감옥을 다녀오는 건 예사고, 유명인이라면 살해협박도 밥 먹듯이 받았다. 방송을 하면서 일상도 얼굴도 모두 공개했으니까 무슨 일을 당해도 그럴 만한 것이다. 리딩방 전문가도 얼굴을 내걸기는 마찬가지였다……. 그리고 총판은 대개 죽장 방식이었다. 겁을 먹고 물러나지 않았더라면 나도 소모품 신세가 됐을 터였다.

진실을 알게 된 건 안면을 트고서도 일 년이 훌쩍 지난 시점이었다. 평소처럼 고기를 얻어먹고 있는데 정운채가 먼저, 아무렇지도 않게 그 이야기를 꺼냈다. 타이밍과 태도에 놀라기야 했지만 마냥 배신감에 떨진 못했다. 나도 떳떳할 입장은 아니었다.

정운채가 제대로 된 인간이 아니라는 것쯤은 처음부터 눈치채고 있었다. 찝찝한 마음을 품고 있으면 한우도 참치도 즐길 수 없으니까, 정운채는 이제 방송 얘기를 꺼내지 않으니까, 그러면 남는 건 돈 많고 멋진 삼십 대니까 애써 외면한 것이다. 한편으로는 내가 블로그에 썼던 글도 떠올랐다. 대여계좌 업체는 죄다 쓰레기니 절대 이용하지 말라고. 정식 증권사가 수십 배는 낫다고. 정운채는 무슨 표정으로 그걸 읽었을까. 그 장면을 상상하니 무안스러웠고 차라리 모르는 게 나았으리라는 생각이 꼬리를 물었다.

모른 채로 살았으면 속 편하게 밥이나 얻어먹었을 텐데.

숨기려면 계속 숨길 수 있었을 텐데 왜 이걸 지금 털어놓아서…… 처음부터 없었던 걸 송두리째 빼앗긴 느낌에, 나는 괜히 따지기 시작했다. 섭섭함과 아쉬운 마음과 미뤄 두었던 죄책감을 도덕의 이름으로 한데 묶어서 내던진 거였다. 정운채는 나를 달래다가 급기야 짜증을 터뜨렸다.

"너 내가 뭐 하는지 몰랐어? 대충 알았잖아?"

"몰랐는데요. 말도 안 했는데 제가 어떻게 알아요."

"몰랐다고 치면. 몰랐다고 치면 뭐가 문젠데. 내가 너한테 총판 하라고 그랬어? 억지로 시켰어? 아니면 내가 지금 싫다는 새끼 납치해서 앞에 앉혀 놓고 고기 먹이고 있는 거야? 내 돈으로 고기 사주는 게 죄야?"

"그거, 회원 돈이지 사장님 돈 아니잖아요."

그냥 내뱉은 소리인데 어느 부분이 정운채를 깊이 찔러 들어간 모양이었다. 범죄자라며 바락바락 외쳐도 웃던 사람이 나를 노려보고 있었다. 그러다가 갑자기 질문이 날아들었다.

"너, 증권사 계좌 쓰지? 모의투자 말고 실계좌로?"

"그렇죠."

"그러면 네가 먹은 돈이 누구 돈이야?"

정운채가 무슨 말을 하려는지 알 법했다. 주식은 경제가 성장하고 기업이 커지면 모두가 함께 돈을 벌어 갈 수 있지만 선물판에서는 수익과 손실이 항상 대칭이었다. 누군가가 매수로 10틱을 먹으면 반대편에는 매도자가 잃은 10틱이 있었고, CME는 전 세계의 사람들을 고통과 환희의 방정식으로 묶어 주었다.

"너 씨발, 너도 선물 하는 호구들 돈 먹잖아. 나도 선물 하는 호구들 돈 먹는 거야. 똑같아. 착한 척하지 마. 개 같으니까 하지 말라고."

내가 망설이는 사이에 정운채가 이어 쏘아붙였다. 증권사 계좌는 합법이지만 대여계좌는 불법이라고, 최소한 CME 거래자들끼리는 합의된 룰로 싸우고 잃는다고 반박할 수도 있었겠지만 나는 그만 입을 다물었다. 그것뿐만이 아니라 다른 면에서도 정운채에게 따질 입장이 아님을 깨달아서였다. 그건 내 고질적인 문제였다. 정의의 편이 되기에는 양심이 부족하고 악당이 되기에는 겁이 많았는데, 그렇다고 해서 개인적인 희비극에 실컷 도취되기에는 또 자기객관화가 잘됐다.

당시의 선택도 그 한계를 벗어나진 못했다. 그날부로 정운채와는 연을 끊었지만 경찰에 신고하진 않았다. 대여계좌 업체의 사장을 떨쳐낸 것으로 도덕적 우월감을 느낀 적도 없었다. 나는 그냥 살았다. 얼굴도 이름도 모르는 러시아인의, 미국인의, 일본인의, 한국인의 손해를 내 수익으로 삼으면서. DM 창을 통해 상담을 이어가면서. 그리고 가끔은, 정운채의 약속을 비웃거나 아쉬워하면서. 정운채는 내가 빈털터리가 되어도 복귀를 원한다면 1,000만 원까지는 대 주겠다고 했다. 방송을 시킬 마음은 없고 그냥 인간 대 인간으로 정이 들어서 그런다는 거였다. 정이라는 게 뭘까. 단어 그대로일까, 아니면 써먹을 구석의 다른 말일까. 확답은 불가능했지만 하나는 알았다. 정운채는 이득 없이 남 좋은 일을 해 줄 사람은 아니었다.

그게 2019년 중순의 일이었다. 그로부터 얼마 지나지 않아 반대매매♦를 당했다. 돌이켜보면 나는 15분봉이 추세선 하단에 내리꽂히는 순간을 천벌로 느꼈는지도 모른다. 천벌이 숭고한 감각을 가져오는 건 그것이 신의 작용이라는 점에서 구원과 본질을 공유하기 때문이라고 본다. 세속적인 허물이 한순간 흩어져서 멀리 날아가는 느낌. 비록 실제로 봉차트를 뒤트는 건 신이 아니라 금융사와 투기꾼들이며, 나는 죄업을 씻은 게 아니라 그냥 돈을 잃었을 뿐일지라도, 어쨌든.

하지만 성스러운 환상은 손실이 확정되기 전까지만 유효했고, 나는 노량진 아파트를 하나 날리고서도 초탈할 수 있는 사람은 아니었다. 그러니까 반대매매를 겪은 후에, 남은 돈까지 바닥을 보일 무렵에도 정운채에게 연락하지 않은 건 순전히 자존심 때문이었다고 할 수 있다. 그 난리를 쳐 놓고 돈을 받으면 꼴이 우스웠다. 두어 달 만에 다시 친하게 지내기에도 면

♦　고객이 증권사의 돈을 빌리거나 신용융자금으로 금융상품을 매입하고 난 후, 빌린 돈을 약정한 만기기한 내에 변제하지 못할 경우 고객의 의사와 관계없이 담보물을 강제로 일괄매도 처분하는 매매를 말한다.

이 안 섰다.

반년이 지났다.

그런 것들은 더 이상 중요하지 않다.

나는 내일, 정운채와 만난다.

∕∖

2020년은 윤년이므로 2월 29일이 있었다. 비싼 물건의 귀한 견본품 같은 날이었다. 시간에 덤이 얹히는 경우는 흔치 않으니까. 그런 점에서 29일은 정운채를 만나기에도 딱 좋은 날이었다. 평소에는 윤년을 떠올리지 않듯이 오늘도 대충 기억 속으로 묻을 수 있을 듯했다.

저녁 7시. 약속 장소는 상호 뒤에 다이닝이 붙은 곳. 파인 다이닝으로 분류되는 가게들을 떠올리면 주눅이 들었다. 고 깃집과 횟집과 식당과 레스토랑으로만 이루어진 이차원 평면에서 살다가 삼차원의 축을 새로 발견한 느낌이었다. 이상하기만 했다. 여기는 고깃집인데, 왜 횟집처럼 스키다시를 주지. 육회에 달걀노른자가 아니라 연어알이랑 아보카도가 올라온 이유는 뭐지. 직원은 왜 개인룸까지 들어와 고기를 구워주고 있는 거지.

그런데 더 이상한 건, 정운채는 그걸 낯설게 느끼지조차 않는다는 거였다. 정운채한테 그 가게는 괜찮은 고깃집에 불과했다. 성에 차는 상대라면 한 턱 쏠 만한 고깃집. 간격이 있었다. 컸다. 나는 북수원에서 3003번 버스를 타고 올라와서 강남역 앞에 서 있었다. 정운채는 레인지로버를 끌고 나왔을 것이다. 혹은 그새 차가 바뀌었을지도 모른다. 내가 조수석에 앉아 감탄할 때마다 정운채는 잔고장이 심하다며 불평으로 맞받아쳤던 것이다.

남이 자가용으로 뭘 타고 다니든 무슨 상관이냐고 중얼거려 보았지만 이미 떠오른 생각을 잊기는 쉽지 않았다. 십 분쯤을 걸어 가게에 발을 들이자마자 내가 걸치고 있는 3만 원짜리 바람막이가 의식되었다. 마지막으로 왔을 때도 이 바람막이를 입고 있었는데. 5억 원이 있었던 시절에는 싸구려 바람막이조차 역설적인 자부심이 됐다. 소용없는 일이다. 나는 고개를 내저어 잡생각을 떨쳐내고서 홀을 둘러보았다. 숙성 중인 고기가 거대한 루비 원석처럼 전시장 안에 누워 있었다. 바닥에 깔린 도자기 타일과 푸른색 벨벳으로 마감한 의자 때문에 고깃집이라기보다는 카페 같았다. 코로나19 때문에 동네 김밥천국도 텅텅 빈 시기였는데 이상하게 손님이 많았다. 그중에서 아는 얼굴을 찾아보다가 직원에게 말을 걸었다.

"7시 예약 테이블요. 정운채 씨 이름으로 되어 있을 텐데."

직원은 명부를 확인한 다음 이 층의 개인룸 중 한 곳으로 나를 안내했다. 정운채는 이미 와 있었다. 기억과 똑같은 얼굴.

"안녕하세요."

"편하게 해. 편하게."

정운채는 손을 휘적거리더니 펫숍에서 품종견을 고르듯 나를 위아래로 훑어보았다. 좀 격식을 차리려 했는데, 거리를 두려 했는데 초장부터 글렀다는 느낌이 왔다.

"더 말랐다?"

"몸무게 늘었어요. 방에서 먹고 게임만 해서."

"운동 좀 해. 체력은 돈으로도 못 사는 거야. 난 집에 홈짐도 만들었다고."

"사장님은 잘 지냈나 보죠."

"야, 애들이 다 미쳤어. 지금 숨만 쉬어도 돈이 벌린다니까."

고객들이 잔뜩 잃고 있다는 소리였다. 시세가 내려가도 돈 벌 구석이 있다는 건 선물의 장점이었지만, 폭락장에서는 변동성이 늘어나는 만큼 위험도 커졌다. 반등세를 노리다가 매수로 죽고, 예상치 못한 반등에 매도로 죽고, 여기가 정말 바닥이라고 믿다가 매수로 또 죽었다. 결국 선물의 폭락장이란 기관이 돈을 긁어모으고 개인 투자자는 잃는 장이었다. 대여계좌 이용자라면 말할 것도 없다……

그런데 난 업체 사장이랑 이러고 있는 것이다.

"그러다가 진짜 천벌 받아요."

"인마, 내가 착한 척하지 말라고 했지. 세상이 바이러스 때문에 망할 판인데 돈 벌 생각이나 하고 있는 새끼가."

그러더니 정운채는 휴대폰을 꺼내 계좌 번호를 물었고, 그 자리에서 2,000만 원을 쐈다. 무기한에 무이자니까 충분히 벌면 그때 갚으라는 거였다. 이체를 마치고는 고개를 들어 올리며 씩 웃는 얼굴을 보자 걸려들었다는 느낌이 들었다. 얼굴을 한 대 갈겨 주고 싶은 마음도 생겼다. 따지고 보면 정운채는 나한테 은인인데도. 사람은 악하기 때문에 배은망덕해지는 것만은 아니다. 미약한 양심이 악덕 곁에 불편하게 얹히면 사람은 훨씬 쉽게 추잡해진다. 타협할 수 없는 것을 타협시키려 애써야 하기 때문이다. 적어도 이기심만 있는 사람은 그런 고생을 하지 않는다.

"이제 집 가도 돼요?"

나는 괜히 퉁명스레 물었다.

"밥 먹고 가."

기본 찬과 단호박죽과 무화과 샐러드가 먼저 나왔다. 정운채는 위스키 하이볼을 한 잔 시키더니 물었다.

"넌 아직도 술은 안 하지?"

"안 마셔요. 멍청해지는 기분이 들어서."

"돈을 벌려면 좀 멍청해져야 돼."

실없는 문답에 이어 직원이 고기를 들고 나타났다. 이 가게에서는 고기를 굽는 것에서부터 플레이팅까지가 직원 몫이었다. 옆에 낯선 사람이 있거나 말거나, 정운채는 아랑곳하지 않고 본론으로 접어들었다.

"맞다, 너 블로그 살렸더라. 전화 받고 나서 바로 봤다."

"네, 몇 달 닫았다가 다시 열었죠. 1월부터는 저도 좀 생각을 하고 있었으니까."

"자세히 설명해 봐. 그거 들으려고 온 거야."

블로그에는 간략한 개요만을 적어 놓은 상태였다. 코로나19는 평범한 독감이 아니라고. 우한은 가장 중요한 철로와 고속도로가 교차하는 자리인 데다가 디스플레이 산업의 중심지이기도 하고 1,500만 명이나 살고 있는데, 춘절 시기에 그 구역 전체를 봉쇄한 건 엄청난 타격이라고. 그런데도 봉쇄를 감행한 건 코로나19가 평범한 병이 아니기 때문이라고. 코로나19가 하루아침에 끝나진 않을 테고, 조만간 시장에도 그 영향이 나타날 거라고. 대강 쓴 글이긴 해도 작성일자가 1월 말이라, 본격적인 하락이 오기 전에 선수를 쳤다는 면에서 가점을 얻을 수 있었다. 글을 올린 직후에는 반응이 시들했는데 요새는 뷰 수가 대폭 늘었다.

정운채가 우호적으로 나오는 데에도 이런 이유가 크게 작용했을 것이다. 나는 휴대폰을 꺼내 네이버 검색창에 코로나, 유조선, 계류라는 키워드를 쳐 넣었다. 2월 19일자 기사가 하나

떴다. 산둥성 외항에서 계류 중인 유조선이 전주에 비해 네 배가 늘어난 데다가 대부분은 오 일이 지나도록 뭍에 닿지 못하고 있다는 거였다. 석유통을 싣고 와서 앞바다를 떠돌기만 하는 배들. 수요가 확 줄어서, 이미 사놓은 원유도 넘쳐나서 일어나는 일이었다.

"정리해 보자면, 지금 중국에서 원유 수요가 엄청 감소했죠. 성들이 봉쇄당해서 차도 못 다니고, 사람들이 물건을 사지도 않으니까 공장도 못 돌리고. 비행기 항로가 막힌 나라도 잔뜩이고. 이러면 수요는 적고 공급은 여전히 많은 상황이 되죠. 중동 쪽에서도 감산할 기미가 없고. OPEC 회의가 조만간 있긴 할 건데 여기에도 정치 문제가 얽혀 있고."

"원유 재고는 별로 안 늘었던데."

"후행이죠. 수요가 줄었다고 해도 그게 반영되기까지는 시간이 좀 걸리니까. EIA(미국에너지관리청) 발표는 미국 기업만 대상으로 하는 거기도 하고."

"오케이."

"아무튼, 여기까지만 보면 중국이랑 원유 쪽이 타격을 입은 건 확실하죠. 그런데 셰일회사◆들은 저유가 때문에 기존에도 휘청거렸어요. 개네들 말고도 금리가 낮으니까 단기채로 빚만

◆ 셰일암에서 석유를 추출해 판매하는 것을 주력으로 하는 에너지 기업의 총칭. 셰일유는 미국 석유 생산량에서 큰 비중을 차지하며, 국제유가 하락에 크게 기여했다.

돌려막으면서 버틴 곳들이 꽤 많고. 부실 회사가 사방에 널려 있는 거죠. 이런 회사들의 채권이 CDO로 묶여 있는데, 이게 리먼브라더스 사태랑 비슷한 거거든요."

CDO는 여러 종류의 채권을 한데 묶은 금융상품이었다. 우량채권은 떼어먹힐 위험이 적지만 수익률이 낮고 비우량채권은 그 반대니까, 두 부류를 섞어서 안전성과 수익을 동시에 추구하는 거였다. 하지만 아무리 위험을 분산시켜 둔다 쳐도 기초자산 자체가 줄도산이 난다면…… 투자자들도 타격을 입을 수밖에 없었다.

"셰일회사에서부터 시작해서, 정크본드♦가 줄줄이 터진다는 거지? 그러면 금융사들도 휘청거리고."

"꼭 그렇게 된다기보다는…… 그냥 이것저것, 시나리오를 생각해 보는 거죠. 정확히 뭐가 어떻게 터질지는 모르겠어요. 만약 정부 차원에서 달러를 더 찍어 내서 지원금을 주면 회사 부도쯤은 막을 수 있을지도 모르고, 금리를 쭉 내려 버릴 수도 있고. 그런데 어쨌든 코로나19 자체만으로도 큰일이고, 중국도 빚이 많고, 세상은 다 연결돼 있으니까. 그래서……."

"그래서 〈빅쇼트〉가 온다?"

정운채는 실실 웃더니 유명한 영화 제목을 들먹였다. 2008년에, 미국 주택 부실대출 사태를 예견하고 파멸에 베팅한 사람

♦   신용등급이 낮은 기업이 발행하는 고위험·고수익 채권.

의 이야기. 모든 '숏충이'들의 꿈.

경제는 성장하기 마련이고 하락세도 언젠가는 멈추므로 매도로 돈을 벌 수 있는 건 한순간일 수밖에 없었다. 매수 포지션은 롱(long)으로, 매도 포지션은 쇼트(short)로 불리는 이유였다. 거대한 추세의 빈틈에 끼어들어 남들의 불행을 내 돈으로 바꿔 가는 역할이 바로 쇼트였고, 그 간극에서 오는 아이러니는 대개 언더독의 망상을 자극했다. 건실한 직장인은 세상을 거스르면서 잘나기까지 하려는 욕망과는 거리가 멀었다.

"그렇죠."

"내가 준 돈이 2,000. 지금 크루드오일 증거금이 계약당 500. 미니로 하면 8계약쯤 되겠네."

스탠다드-미니-마이크로. 스탠다드가 제일 기본적인 해외 선물 상품의 단위였고, 미니는 일반 선물의 1/2 크기였다. 마이크로는 다시 미니의 1/5. 하지만 나한테는 그 차이가 별로 중요하지 않았다.

"저, 선물은 안 하려고요."

"안 해? 그러면 돈 가져가서 뭐 하게?"

한 달간 고민 속에서 머뭇거렸다지만 그렇다고 해서 가만히 앉아만 있었던 건 아니었다. 나는 대답처럼 M증권사의 MTS (Mobile Trading System) 화면을 내밀었다. 해외파생 계좌가 아니라 국내주식 계좌. 계좌에 담긴 종목은 딱 하나. 〈○○ 인버스 2X WTI원유 선물 ETN〉.

정운채의 눈이 마뜩찮다는 듯 가늘어졌다.

"인버스네?"

"네."

인버스 ETN은 선물 시세를 역으로 따라가는 파생상품으로, 평범한 주식처럼 사고팔 수 있는 게 특징이었다. 게다가 강제 청산을 당할 위험이 없다는 점에서 훨씬 안전했다. 단점은 레 버리지가 낮은 만큼 수익률도 낮다는 거였는데, 그래도 어쨌든 나는 벌써 30퍼센트가량의 수익을 올리고 있었다. 1,200만 원의 30퍼센트, 360만 원. 선물이었더라면 수천을 벌었겠지만 그 가능성은 떠올리지 않기로 했다.

"너 솔직히, 확신 없지?"

"있어요. 있긴 있는데 무서워서. ETN은 차라리 마음이라도 편하니까…… 돈보다는 안전한 게 낫죠. 해외선물은 솔직히 사람이 할 건 아니다 싶고……."

나는 취조받는 피의자라도 된 것처럼 고개를 숙인 채 말끝을 흐렸다. 이것도 웃긴 소리긴 했다. ETN은 주식 이상의 고위험상품으로 분류됐던 것이다. 하지만 해외선물보다는 확실히 안전했고, 나는 두려움을 떨치지 못한 상태였다. 이번에 다시 파생을 잡으면 정말로 밑바닥이 나올 거라는 공포가 있었다. 계좌의 밑바닥이 아니라 인간의 밑바닥 말이다. 미쳐 돌아가던 시기의 감각을 다시 느끼고 싶지는 않았다.

정운채가 나를 보고 웃었다.

"내가 말이야, 블랙에 넣어 달라는 애들 많이 봤거든? 매매를 끊어야겠으니까 계좌를 지워 달래. 가입도 받지 말고. 그러면 난 다 블랙리스트에 올려 줘. 그게 상도의거든. 끊겠다는 사람은 도와줘야지. 그런데 걔네들, 죄다 다른 업체 가서 돈 날리고 있다? 다 그래. 응……."

3

시장 상황에 대해서는 고깃집에서 오간 대화만으로도 충분했던 모양이다. 이자카야로 자리를 옮긴 다음부터 정운채는 내 집안사정을 묻기 시작했다. 아버지 사업은 어떻게 되어 가냐는 둥, 엄마는 아직도 그 모임에 다니느냐는 둥, 복구에 성공하면 뭘 할 거냐는 둥. 대답은 명확한 동시에 찝찝했다. 아버지 사업은 잘 안 됐고, 엄마는 아직도 그 모임에 다녔고, 나는 복구를 하겠다는 것 말고는 별다른 계획이 없었다.

"너 나이가 정확히 얼마였지. 좀 어렸는데."

"올해 스물셋이에요."

"스물셋. 대학은 다시 다닐 거야?"

"벌고 나서 생각해 봐야죠."

"망하면 어쩌게."

"생각해 본 적 없어요."

"생각을 해 봐. 경제 생각은 잘하는 애가 자기 앞가림도 못 하면 되겠냐."

"사장님은 어떤데요."

"나는 잘 살고 있지. 앞으로도 잘 살 거고."

"아뇨, 사장님이 보기엔 제가 어떻게 될 거 같냐고요. 사장님은 저 같은 애들 많이 보셨으니까."

대여업체뿐만이 아니었다. 정운채는 종종 나를 데리고 강원랜드에 갔다. 게임을 즐기기 위해서가 아니라 사람들을 구경하기 위해서. 운때를 타고 연승을 거듭하는 플레이어가 주된 관심의 대상이었다. 정운채는 그들을 흐뭇한 듯 바라보다가도 어느 순간 얼굴을 굳히곤 했다. 그건 승기가 끝났다는 뜻이었다.

"아직은 모르지."

미지근한 웃음기.

"모른다고요."

"난 그냥 네가…… 앞으로 재밌게 했으면 좋겠어. 돈 날리고 주변 사람한테 빚져 가면서 다 말아먹는 건, 식상하잖아. 그런 애들 진짜 많거든. 그거 지겨워. 지겨워서 이러는 거야."

"제가 그 케이스인 것 같은데요. 오늘 사장님한테 돈도 빌렸고."

"아니지, 이건 기회를 주는 거지. 원래 영화에서도 주인공이 한 번은 무너진다고. 역경과 극복. 부활. 할리우드 성공의 공식 아니냐. 일이 잘 풀리기만 하면 재미가 없어요."

정운채는 자기가 영화 제작자라도 되는 줄 아는 모양이었다. 그러면 나는 주인공이다. 이왕 주인공인 거 잘 풀리면 좋겠지만, 꼬이면 꼬이는 대로 재미있는 거. 스크린 밖에서 응원하다가도 주인공이 바나나를 밟고 미끄러지면 언제라도 웃어 젖힐 준비가 되어 있는 거. 만약 배드엔딩으로 막을 내리더라도 그건 주인공의 끝이지 관객의 끝은 아니니까, 알아서들 인생의 교훈을 얻고 주섬주섬 자리를 치우는 거. 남 인생의 제작비가 2,000만 원이라면 너무 싼 값이 아닌가 싶다가도, 훨 못 미치는 돈에도 기꺼이 삶을 맡기는 부류가 많다는 사실을 떠올리면 기분이 묘해졌다.

존엄은 돈과 맞바꾸지 못한다지만 그 말은 절반만 진실이다. 이미 팔린 낯을 돈으로 거둬들일 수는 없어도 돈을 받고 낯을 팔 수는 있기 때문이다. 어떤 부모들은 방송에 나와서 집안 사정을 털어놓은 다음 무료 상담을 받고, 도박중독자는 유튜브에서 회고록을 읊어 댄다. 다들 그러고 사는데, 그래야만 앞날이 편해지는 사람도 있는데 돈에 영혼을 팔아서는 안 된다는 말이 무슨 의미인지 나는 도대체 모르겠다. 그러니까 내가 정운채의 말을 껄끄러워하는 건 가치관의 문제라기보다는 기분의 문제였다. 제작자가 다른 누군가가 아니라 눈앞의 이 사람이라서.

나는 입을 다물었고 정운채는 하이볼을 홀짝거렸다. 먼 곳을 바라보다가도 때때로 내게 와 닿는 눈빛이 무언가를 기대하는 듯도 했고 놀리는 듯도 했다. 어쨌거나 같은 사람을 보는 눈은 아니었다. 나는 내가 말을 기막히게 잘 따라하는 앵무새라고, 아니면 덧셈을 할 줄 아는 개라고 생각해 보았다. 눈앞에 있는 사람은 나를 귀여워하다가도 흥미가 사라지면 금방 돌아설 존재다. 구경꾼이란 그런 것이고 구경거리가 된다는 건 그런 일을 겪는다는 것이다. 단순히 돌아서는 데에서 끝나지 않을 가능성도 있었다. 해 둔 말이 있을지라도, 2,000만 원은 선심 쓰듯 던져 주기에는 큰돈이었다…….

뒤늦게 두려워졌지만 무엇이 두려운지는 알 수 없었다. 실패를 두려워하기엔 일렀고, 실패 너머를 상상하기엔 더더욱 일렀고, 관계의 잔인성이 두렵다기엔 아직 정운채가 맞은편에 있었다. 고개를 들어 정운채를 똑바로 바라보았다. 여전히 하이볼을 홀짝거리고 있었다. 시선이 마주쳤는데도 자세가 그대로인 게, 손가락 한 마디만큼 남은 위스키가 나보다 더 중요하다는 투였다. 그게 괜히 안심스러워서 질문을 던졌다.

"저, 망하면 어쩌실 거예요?"

"내가 한 질문 아니냐."

"저한테 뭐…… 시키실 수도 있다는 생각이 들어서요. 총판 이라거나."

"그런 건 그때 가서 따질 일이고."

"2천을 그냥 빌려주신 건 아닐 거잖아요."

"그냥 빌려준 거 맞아."

짧은 침묵.

"업무용 메일이 몇 개 있거든. 사무실 애들이 관리하는 건데, 나도 가끔 봐."

"네."

"사이트 회원들이 자서전을 써서 보내더라. 아내가 임신 육 개월인데 아파트 잔금을 날렸으니까 사정을 좀 봐 달래. 아니 면 뭐, 도박중독자 아버지 때문에 집을 나와서 스무 살 때부 터 공장에서 삼교대로 일했다, 미련하게 적금만 들던 내가 재 테크를 해 보려다가 실수를 했다, 1,000만 원이라도 줘라. 그 래서 얘네들 계좌를 보면 죄다 자기가 욕심 부리다가 말아먹 은 거야. 내가 떼어먹은 게 아니야. 그런데 나한테 돈을 돌려 달래. 이게 말이 안 되는 소리거든. 강원랜드가 개평 떼 주나? 증권사가 돈 돌려줘?"

"아니죠."

"이 짓 시작한 게 2011년. 지금이 2020년. 패배자들 이야기를 10년을 봤어. 이젠 다른 거 볼 때도 됐다."

정운채의 장광설을 들으면서 나는 속으로 헛웃음을 삼켰다. 업체를 운영하는 동안 먹튀를 꽤나 했으리라는 점에서 그랬다. 크게 수익이 난 회원의 계좌를 닫아 버리고 선심 쓰듯 원금만을 던져 주는 짓 말이다. 패배 그 자체가 패배자들을 깔볼 이유가 된다면 승리자는 예우하는 게 이치에 맞았다. 그러지 않는다면 정운채의 태도는 언제나 이기면서 공정의 미덕까지 얻으려는, 유리한 입장에 선 자들 특유의 뻔뻔스러움에 불과했다.

하지만 싸우려는 게 아닌 이상 피차 아는 사실을 들먹일 필요는 없었으므로, 나는 나 자신을 돌아보았다. 요새는 마흔까지도 청년이라지만, 늦었다고 생각할 때가 가장 이르다지만 대학교는 제적당한 데다가 아무 경력도 없는 스물셋이라면 좋은 출발점은 아니다. 삼 년을 만회하려면 돈이라도 있어야 한다. 돈. 돈은 아르바이트를 해도 벌 수 있는데 기어코 작년의 패배를 만회하려는 걸 보면 나도 참 글러먹은 인간이었다. 글러먹은 인간이라서 정운채에게 연락했다. 여기에 나왔다. 구경거리가 될 수 있었다. 2,000만 원을 빌릴 수 있었다…….

이 상황에서 윤리에 기대는 건 정직하지도 도덕적이지도 않은 일이었다.

나는 정운채에게 감사했다.

이 집은 꼭 계약이 끝날 가망이 없는 셰어하우스 같다.

내가 집에 발을 들이면서 떠올린 생각이었다. 나보다 한 살이 많은 아파트고, 25평형이고, 방은 셋. 아버지와 엄마와 내가 하나씩을 쓴다. 거실 벽 양옆으로는 책장만 있지 소파나 TV가 아예 없어서 가족끼리 모이는 일도 없다. 용건이 없으면 서로의 방에 들어가거나 말을 걸지 않는 사람들이 기한 없는 계약으로 묶인 것이다.

초등학생이었을 적에, 친구 집에 놀러 갔는데 걔네 부모님이 그렇게나 자주 말을 걸면서 미소 짓는 걸 보고 무서운 기분이 든 적이 있다. 후끈하고, 꺼림칙하고, 간질간질한 감각. 도무지 정체를 모르겠어서 애들이랑 거리를 두다가, 중학생이 되고 고등학생이 되고서도 홀로 다니다가 졸업한 다음에야 진실을 깨달았다. 나는 그냥 정상적이고 화목한 가정이 낯설었던 거였다.

그래도 난 이런 집안에 나쁜 점만 있는 건 아니라고 본다. 관계가 깊다는 건 진폭이 크다는 말과도 같아서, 기쁨도 더 많이 얻고 슬픔도 더 많이 얻는다. 원치도 않는데 삶의 한 귀퉁이가 마구잡이로 파헤쳐지기도 한다. 반면 내 삶에 깊숙이 들어오려는 사람이 없는 상황은, 최소한 손해는 아니다. 게다가 엄마랑 나는 가끔 잡담을 나누고 서로 걱정을 할 만큼은 친했다. 그러면 된 것이다.

엄마 방은 현관에서 제일 가까운 곳이었다. 11시 반. 슬쩍 문을 열고 안을 들여다보았다. 침대 등받이에 기대 책을 읽고 있는 엄마보다도 코르크 마개로 닫힌 유리병이 먼저 시야에 들어왔다. 엄마는 종종 건강 모임에서 꽃차나 허브 비누나 천연 효소 따위를 사 왔다. 나는 성큼 들어서며 물었다.

"또 샀어?"

"잠이 잘 오고 마음이 차분해진대."

마개를 열어 냄새를 맡아 보았다. 상쾌한 민트 향기와 이상한 구린내가 섞여 났다.

"냄새 이상해."

"재료 중 하나가 쥐오줌풀이라고, 원래 그래. 너도 마셔. 당장 내일모레가 개강인데 일찍 자고 일찍 일어나야지."

"어차피 비대면이잖아."

"그래도."

코로나19로 대학들이 비대면 강의를 선언한 건 뜻밖의 호재였다. 대면 강의였더라면 일주일에 사나흘은 학교에 가는 척 피시방에 죽치고 앉아야 했을 텐데, 상황이 이렇게 되었으니만큼 집에만 붙박여 있어도 됐던 것이다. 거기에 생각이 닿자 내가 엄청난 거짓말을 하고 있다는 사실이 새삼스레 떠올랐다. 그게 엄마한테 좋은 일이 아니라는 것까지도. 이혼 이야기가 몇 번 오가다가 내가 대학을 졸업할 때까지만 기다려 보자는 식으로 끝이 났는데, 나는 일 학년도 제대로 끝마치지 못한 상태로 제적을 당했다. 그러니까 이번에 돈을 벌면…… 재입학을 해야 하나, 아니면 그냥 고졸도 가능한 일자리를 알아볼까, 어쩌지.

사실 ETN 수익률로만 해결될 일이 아니라는 건 처음부터 알고 있었다. 원래 남았던 돈에 정운채에게 빌린 돈을 더해 봤자 3,500만 원인데, 여기에서 다시 50퍼센트의 수익이 난다 쳐도 5,000만 원이 조금 넘었다. 대출을 갚는다고 치면 다시 3,000만 원. 내가 날린 삼 년을 충당하기에도, 복잡하게 꼬인 상황을 풀어내기에도 턱없이 모자란 금액이었다. 마음이 무거워지려는데 그 위에 갑자기, 고함까지 와서 얹혔다. 안방에서부터 들려오는 소리였다. 아버지가 누군가에게 화를 내고 있었다.

"11신데 또 저러고 있나."

"김 사장이 송금을 또 안 했다더라."

엄마가 놀랄 일도 아니라는 것처럼, 심드렁한 태도로 답했다.

아버지가 김 사장이랑 알고 지낸 지도 벌써 삼 년째였다. 돈을 제때 주는 법이 없는 김 사장도, 매번 고함을 질러가면서도 거래선을 유지하는 아버지도 참 대단하다 싶었다. 세상 일이

단칼에 무 자르듯 되는 건 아니고, 나도 정운채에게 다시 연락했지만, 그 모습을 지켜보는 입장에서는 대단하다는 말 외에는 내릴 평가가 없었다.

"저거 돈은 벌리는 건가."

"벌리긴 벌리니까 이렇게 먹고사는 거지."

그리고 엄마의 초연함은 다른 의미로 대단했다. 아버지와 김 사장의 관계를 유지시키는 게 통속과 금전의 드라마라면 엄마와 아버지의 관계에는 세속적인 현명함과 영성에 가까운 우둔함이 함께 깃들어 있었다. 엄마는 매 고비 이번만 넘기면 아버지의 사업이 제 궤도를 찾을 거라고, 혹은 자신이 그 실패마저도 감당할 수 있을 거라고 믿었다. 그중에서 어떤 믿음은 부도가 났고 어떤 믿음은 진실이 되었는데 어느 무엇도 제대로 결실을 거뒀다고는 할 수 없었다. 언젠가부터 엄마는 상장 폐지된 회사에 모든 돈을 쏟아 넣은 투자자의 심정이 되어서, 그 주식과 별수 없이 함께하고자 다짐했던 것이다. 엄마는 여전히 모든 실패를 감당했다. 역경 속에서도 다음 발걸음을 점검하려는 게 아니라 그 역경이 바로 삶임을 받아들이는 것으로, 방식이 변했을 뿐이다.

오래도록 기술번역 일을 하던 엄마는 작년 말부터 건강이 나빠져서 쉬고 있었다. 아버지 사업이 엄마 명의로 된 탓에 가끔 은행 일을 보러 나가는 걸 제외하면 경제활동에서는 아예 손을 뗀 셈이었다. 대신 일주일에 두세 번씩 건강 모임에 참석했다. 마음박사님인가 하는 중년 여성이 운영하는 모임이었는데 내가 보기엔 사이비 같기도 하고 다단계 같기도 했다. 최소한 그게 수익모델이 있는 사업이라는 것만큼은 분명해 보였다. 500그램짜리 꽃차를 5만 원에 파는 건 누가 봐도 폭리다.

그래도 나는 그러려니 했다. 건강 모임에 나가는 엄마는 집에서는 한 번도 보지 못한 표정으로 웃고 있었으니까. 엄마는 모임에서 만나는 사람들을 좋아하니까. 친구들과 만나서 노는 비용이라면 5만 원은 오히려 값쌌다. 엄마도 그걸 알았다. 그러니까 엄마는 꽃차의 효능을 믿는다기보다는 지난한 삶을 견뎌 내기 위해 건강 모임에 나가는 셈이었고, 그 지난함에는 내가 지뢰처럼 숨어 있었다. 대학교를 제적당한 나. 돈을 모두 날린 나. 스물세 살인데 아무것도 되지 못한 나. 그러면서도 거짓말을 거듭하는 나. 아무리 생각해 봐도 난 엄마를 동정하거나 연민할 주제는 못 됐다.

"나 이거 마실게."

"냄새 나니까 미지근한 물에 우리고 바로 마셔."

엄마는 다시 책으로 시선을 옮겼다. 문을 닫고 나온 다음 부엌 불을 켰다. 컵에 물을 따르고, 이상한 냄새가 나는 꽃차 가루 한 스푼을 넣고, 가만히 기다리는 동안 아버지 목소리가 계속 안방 문틈으로 비어져 나왔다. 대학교에 입학하기도 전부터 자취방 보증금을 구하려 애썼던 이유가 새삼스레 떠올랐다. 내가 붙은 대학은 서울 끄트머리긴 해도 시간을 넉넉히 잡으면 북수원에서도 충분히 통학이 가능했다. 그런데도 나는 돈을 모아서 우기듯이 집을 떠났다. 이 소리를 듣고 싶지 않아서였다.

고개를 수그려 컵에 시선을 맞췄다. 투명한 물속으로 가라앉는 노을처럼, 갈색 기운이 꽃차 가루에서부터 풀려 나왔다. 충분히 우러난 것 같았다. 컵에 담긴 걸 한입에 모두 털어 넣고서는 내 방으로 들어가 문을 닫았다. 화장실은 아버지 방 바로 옆이라서 소리가 더 크게 울렸다. 지금은 씻을 수가 없었다.

／

큰돈을 날렸을 때의 반응은 단선적인 절망보다 훨씬 풍부하고 구체적이다. 이상하게 산뜻한 기분으로 방 안을 빙글빙글 돌아다니기. 그러다가 키보드에 얼굴을 처박고 소리도 없이 울기. 수익률이 계획대로 되는 목표인 양 복구 계획을 쓰다가 지우기. 내가 어떤 자리에서 치명적인 실수를 했는지 차트 뜯어보기. 매매의 기초가 원칙을 지키는 것임을 다시 한번 되새기면서, 회고록을 써 내려가다가 그냥 지우기. 여덟 달째 장바구니에 있는 물건들, 게이밍노트북이나 최신형 그래픽카

드나 70만 원짜리 삭스스니커즈를 보면서 내가 왜 진작 이걸 사지 않았을까 후회하기. 홧김에 뭔가 사고 더 큰 허전함에 사로잡히기.

그런 충동구매 덕분에 내 방에는 더블모니터를 갖춘 컴퓨터 본체와 게이밍노트북 한 대가 있었다. 직전에 살던 오피스텔에서 건져 낸 거의 모든 것이었다. 옷을 대강 갈아입고 침대에 기대 앉아 노트북을 켰다. 인터넷에 연결되자마자 윈도우즈 메일 앱이 아홉 개의 새로운 소식을 보여주었다. 모두 블로그와 SNS 계정에서 날아온 알림 메일이었다. 댓글을 달거나 DM을 보낸 사람 아홉 명. 지금은 확인하지 않기로 했다.

나는 블로그와 SNS의 접속률을 엄격하게 관리했다. 별일이 없으면 하루에 두 번만 들어가서 밀린 민원을 처리하듯 피드를 확인하는 식이었다. 사람들의 기대는 독성이 강한 약 같아서, 꼭 필요할지라도 너무 과하면 부담스러웠다. 이 사람들이 단순히 내 말을 인정해 주는 게 아니라 나침반으로 쓰고 있다는 사실이 긴장을 키웠다.

투자판에서 관심을 끄는 일이 사이비 교주 노릇과 결정적으로 다른 점은, 객관적인 판단자의 존재 유무였다. 계좌에 빨간 불이 들어오면 옳은 것이고 파란 불이 들어오면 틀린 것이었다. 그 명료한 이분법 앞에서 말솜씨는 판결의 시점을 늦춰주는 역할밖에는 하지 못했다. 지금은 손실이지만 조금 더 버티면 됩니다, 하듯이.

　물론 이것도 어떤 의미에서는 재능이라 파멸이 이미 왔는데도 파멸을 유예시키는 사람은 숭배를 받았다. 계좌는 오래전에 파탄이 났는데 추종자들은 선동꾼을 따라다니면서 선생님, 선생님을 읊어 대는 것이다. 잃은 돈을 향한 미련이 종교적인 맹종과 충돌하며 일어나는 기적이라고 할 수 있었다. 반면 나는 남을 짓밟으며 기적을 일으킬 만큼 담대한 사람은 아니었다. 내가 구독자들과 충분한 거리를 유지하고 있기를 빌 뿐이었다. 내 의견을 존중하되 숭배하진 않는 사람들만이 있도록. 그래서 내가 타인의 삶에 너무 깊숙이 들어가지 않도록.

　하지만 다른 소망도 있었다. 내 삶에 들어와서 싱숭생숭한 기분을 들고 나가 줄 누군가가 필요했던 것이다. 나는 카카오톡 친구 목록을 올렸다 내리면서, 누군가가 될 만한 사람을 물색해 보았다. 마땅한 상대가 없었다. 고등학교나 대학교 동기들과는 완전히 모르는 사이가 됐고, 블로그 구독자들에게는 솔직해지고 싶지 않았다. 그렇다고 해서 익명 커뮤니티 사이트에 '친한 사람이 무이자로 2천을 빌려줬는데…… 좋은 사람이 아니라서 기쁘지도 않고 느낌이 묘하다'라고 얼버무리듯 썼다가는 '2천을 그냥 주면 무조건 좋은 사람 아니냐?'라는 대답만 들을 게 뻔했다.

　결국 남는 사람은 한 명뿐이었다. 카카오톡을 닫은 다음 디

스코드(게임할 때 자주 쓰는 음성 채팅 프로그램)를 열었다. 익숙한 닉네임 옆에 '접속 중'을 뜻하는 초록불이 떠 있었다.

[Oikonomia: @Tzedakah 뭐함]

[Tzedakah: 점프]

할 게 없어서, 게임에 접속한 상태로 점프나 뛰고 있다는 소리다.

[Oikonomia: 디코 ㄱ]

곧바로 음성 대화 채널에 Tzedakah, 그러니까 김민우가 나타났다. 게임에서 같은 길드였던 걸 계기로 현실에서도 종종 만나게 된 사이였다. 그걸 제외하면 접점이 아예 없었다. 유망하진 않아도 망할 일은 없는 IT 회사에서, 만족스럽진 않지만 만족할 수밖에 없는 봉급을 받는 직장인. 대학을 제대로 다녀보지도 않고 제적당한 투기꾼과는 완전히 다른 삶이었다. 당장 내일에라도 모르는 사이가 될 수 있을 것이다. 하지만 상담사 앞에서는 말을 빙빙 돌리다가도 랜덤채팅의 누군가에게는 속 시원하게 고민을 내보일 수 있는 게 인간이라서, 나는 김민우에게 종종 내 삶을 털어놓았다.

"아, 아. 마이크 테스트."

굵고 낮은 목소리.

"들려."

나는 짧게 대답했다.

김민우는 나보다 여섯 살이 많았지만 처음부터 말을 놓고 지냈다. 더 정확히 말하자면, 현실에서 만나기 전까지만 해도 김민우는 나를 연상의 남자로 알았다.

신상명세를 숨기고 보는 건 생존전략 중 하나였다. 초장부터 얕잡혀 보이는 건 질색이라 그랬다. 다행히 김민우는 진실을 알고서도 실망한 기색을 보이지 않았다. 도리어 내가 외계인처럼 말해서 재미있다고 했다. 그 나이에 그런 일들을 겪고 있는 게 신기하고, 같은 세상을 살고 있는 게 맞는지부터가 의심스럽다는 거였다. 아마도 다를 것이다. 다르기 때문에 김민우와 이야기했다.

"왜 불렀냐."

"오늘 내가 강남 다녀왔거든."

그런데 운을 떼자마자 갑자기 마음이 변했다. 생각해 보니 반년 전, 김민우에게 정운채 욕을 실컷 하면서 그 저열한 도덕성을 규탄했던 것이다. 하여간 사람은 입조심을 하고 살아야 한다. 나는 고민이 깊은 척 말꼬리를 흐리면서 이야기의 재료를 빼거나 넣어 보았다. 정운채에게 2,000만 원을 빌렸다고 솔직히 말하면 이해야 받겠지만 내가 이상한 놈이 된다. 하지만 2,000만 원이 하늘에서 뚝 떨어졌다고만 하면 끙끙 앓는 이유를 제대로 설명할 수가 없다. 진퇴양난이었다.

"좀 비싼 가게였는데, 사람 많더라."

"그래서?"

"많았다고."

"그게 다는 아닐 거 아니냐. 먼저 말 꺼내고 이런 식으로 나오는 거, 불법인 거 알아 몰라."

김민우가 한국 법은 아닐 게 분명한 법을 들먹였다. 나는 대답을 피하고 피하다가 간략하게만 사정을 읊었다. 강남역에서 뭔가 일이 있긴 했는데 상황이 복잡해서, 지금은 말할 수가 없다고.

"처음부터 그렇게 말했어야지."

김민우는 그 대답만으로도 만족한 듯했다. 하긴 남이 곤란해하는 걸 굳이 캐물을 사람은 아니다. 그래도 혹시 모르니까, 나는 서둘러 수제를 돌렸다.

"그나저나 요즘 길드 분위기 어때?"

"몰라. 바빠서 접속 자체를 못한다. 지금도 열흘 만에 겨우 들어온 거야."

"얼마나 바쁘기에."

기다렸다는 듯 불평이 쏟아졌다.

"나 회사 IT 쪽인 거 알지. 비대면 시대 먹거리를 대비해야 한다고 뭘 막 하는데, 뭔지도 모르겠고, 그냥 일을 두 배로 만들고 있어. 그리고 요새 스트레스인 게, 아침에 화장실을 못 쓴다고. 인간들이 휴대폰 보느라 화장실을 전세를 냈지 뭐냐.

그렇다고 돈을 버는 것도 아니야. 죄다 한숨 푹푹 쉬면서 나오는데 꼬라지가 무슨 좀비도 아니고……."

하지만 김민우의 의도와는 반대로, 나는 그 직장인들에게 동정을 느꼈다. 2월 20일부터 28일까지, 코스피가 2,223포인트에서 1,987포인트로 내려앉은 상황이었다. 일주일 만에 모든 종목이 평균 11퍼센트씩은 하락했다는 뜻이었다. 아침마다 주식을 들여다보면서 불안해하는 것도 당연했다.

"그러려니 해라. 엄청나게 잃고 있을걸."

"너도 잃었나?"

뜬금없는 질문이 날아들었다. 나는 여기에 대해서는 조금 솔직해지기로 했다. 합법적인 종목에, 내 돈으로 투자해서 수익이 난 건 부끄러울 일이 아니었다.

"나는…… 벌고는 있지."

"그 뭐야, 씨젠? 씨젠으로 번 거지?"

김민우가 갑자기 아는 척을 했다. 씨젠. 코로나19 진단 키트 관련주의 대장이었다. 1월부터 뉴스에서 엄청나게 떠들어 댔으니까 주식을 안 하는 사람이라도 한 번은 들어 봤을 것이다.

나는 잠깐 테마주 섹터에 대해 생각해 보았다. 마스크 관련주. 진단 키트 관련주. 병이 돌아서 도시가 봉쇄당하고 사람이 죽으면 주식판에서는 관련주를 찾는 사람이 나오고, 선물판에서는 남의 불행이 그 자체로 돈이 된다. 그리고 선물이 다시 주식 시장으로 돌아와서 ETN이나 ETF 같은 파생상품이 되는 구조는…… 절묘하다고밖에는 말할 수가 없었다. 절묘한 연결고리다.

"아니, 인버스."

"버스?"

"인버스라고, 가격 떨어지면 역으로 오르는 거 있어. 거기에 돈 넣은 거야. 앞으로도 계속 떨어질 거 같아서."

나는 〈○○ 인버스 2X WTI원유 선물 ETN〉을 예시로 들며 설명을 이어갔다. ○○이란 해당 인버스 ETN 상품을 운용하는 증권사가 ○○증권이라는 의미였고, 2X는 배율이었다. 즉, 기초 자산인 〈WTI원유 선물〉의 시세가 1퍼센트 내려가면 이 종목은 2퍼센트가 올랐다. 그밖에도 인버스 ETN의 종류는 다양했다. 코스피나 나스닥 같은 지수 인버스에서부터 구리나 백금 등의 비철금속 인버스까지. 그런데 한국장에 상장된 것들은 2배율이 끝이라서, 3배율부터는 해외 상품을 찾아봐야 했다.

거기까지 설명하자 김민우의 목소리가 갑자기 어두워졌다.

"그거 불법이냐."

"왜?"

"아니, 저번에 그 뭐야. 나한테 해외…… 해외선물 불법 업체 이야기했잖아. 사장이 미친놈이라고."

나는 마음속으로 정운채를 향해 큰절을 올렸고, 침착한 척 답했다.

"했지. 근데 그게 무슨 상관이냐는 거야. 해외라서?"

"박 부장이 요새 주식 때문에 정신이 나갔거든. 계속 떨어질 거 같대. 그런데 인버스라는 게 있으면, 가격 떨어질수록 돈이 벌리는 거면 그걸 사면 되는 거 아니냐. 불법도 아닌데 왜 안 하고 나한테 지랄이야?"

정운채 이야기를 하려는 게 아니었음을 깨닫자마자 불안이 훅 달아났다. 전반적으로 잘 모르는데 이상한 것만 주워들은 사람이 할 법한 착각이라서, 나는 낄낄 웃었다. 개미, 즉 개인 투자자들이 인버스를 사지 않는 건 그냥 심리적인 문제였다. 주가가 다시 반등하리라는 기대를 붙들고 있기 때문에, 기존 종목을 팔고 인버스로 옮겼다가는 두 배로 손해를 볼까 봐 겁을 먹는 것이다.

"그러니까 이게 아무 주식도 안 산 상태면 인버스를 턱턱 살 수 있는데…… 맞다, 너 적금 이번에 만기라면서. 그 돈 인버스에 넣어 봐. 지수든 원유든 간에. 내가 하는 법 알려줄게."

"두 달 남았는데."

"두 달 뒤엔 늦어. 지금 깨."

"누굴 박 부장 만들려고."

"인버스 사면 벌린다니까."

"너 같은 애나 하는 거지 난 못한다."

김민우가 딱 잘라 말했다. 옥수수 1계약의 증거금이 150만 원 정도밖엔 안 한다는 말에 150만 원이나, 라고 되묻는 인간 다웠다. 보통 사람들은 월급의 반절을 허공에 날리는 게 엄청나게 속 쓰린 일이라는 사실을 듣고 놀랐던 기억이 났다. 하긴 그게 일반적인 반응이겠지. 선물판에 뛰어들지 않았더라면, 평범하게 아르바이트를 하면서 대학교를 다니고 있었다면 나도 김민우처럼 말했을 거였다.

그런 추측이 나를 다시, 저녁부터 이어지던 질문 앞으로 데려다 놓았다. 돈을 벌면 앞으로 어쩌지. 잃으면 또 어쩌고. 막막하게만 들리는 문장이었지만 답은 어떻게 보면 단순했다. 그런 질문들은 내가 수익률의 세계에 머무르는 동안만 유효했고, 월급의 세계로 떠나는 순간 금방 우스워졌다. 생산직으로 공장에 입사하거나 콜센터에서 전화를 받는 건 일반적인 삶의 조건 중 하나이며 다들 슬플 것도 없이 그렇게 살고 있으므로.

그러니까 나는 정장을 입지 못하는 미래가 두려운 게 아니었다. 견고하고 안정적인 삶의 미덕이, 내가 그걸 받아들여야 한다는 사실이 두려운 거였다. 돈이 풍선처럼 부풀다가 터지고 다시 부푸는 데에는 사라질 일 없는 월급이 적금통장에 차곡차곡 모이는 것과는 다른 역동성이 있었다. 사람을 매혹시키고 사로잡는 역동성. 나는 한때 풍선을 부풀린 다음 적당한 자리에서 묶는 법을 알았다. 그것으로 남부러울 것 없는 풍선 탑을 쌓아 올렸다……. 지금도 그게 그리웠다……. 탑의 높이가 아니라, 내가 그럴 수 있었다는 사실 자체가……. 지금 나한테는 현금 2,000만 원이 있다. 이것으로 ETN을 살 게 아니라, 월요일 장이 열리자마자 크루드오일 매도를 잡으면…….

나는 내가 아무것도 보지 않은 채로 눈을 부릅뜨고 있다는 사실을 깨달았다. 이래서는 안 됐다. 심호흡을 하면서 돈 이야기를 멈췄다. 그러고는 김민우와 시답잖은 잡담을 나누다가 새벽 한 시가 되어서야 음성 대화 채널을 나왔다. 헤드셋을 벗으니 아버지 고함소리가 벽 너머로 울렸는데, 환청이라는 건 잠시 뒤에야 알았다. 환청은 괜찮다. 환청은 계좌를 깎아 먹지 않기 때문이다.

어쨌든 이젠 샤워를 할 수 있는 시간이었다.

4

샤워를 마친 다음 눅눅해진 티셔츠를 걸치고 나오자 아버지
가 내 이름을 크게 불렀다. 진짜인지 착각인지 분간하느라 우
두커니 서 있다 보니 똑같은 소리가 채근하듯이 한 번 더 났
다. 진짜인가 보다. 화장실 문 앞에서 안방 문 앞까지 가는 데
에는 세 걸음만으로도 충분했다. 문을 슬쩍 열자 컴퓨터 앞에
앉은 아버지의 뒤통수가 보였다. 바닥에 놓인 시제품 상자도.

아버지는 공업용 코팅제처럼 사소한 물건을 유럽과 중국에
서 떼어 와서 작은 공장에 팔았고, 물품은 임대한 창고에 쌓
아 두었다. 새로운 제품을 들여올 때는 집에서 성능 테스트를
치르기도 했다. 거기서 나는 종종 조수 역할을 맡았다. 바닥에
놓인 공구를 가져오거나, 사진을 찍어 주거나, 찍은 사진을 컴

퓨터로 보정하거나.

이번에도 또 그런 용건일 거라고 생각하면서, 나는 아버지의 뒤에 가서 섰다. 아버지가 의자를 빙글 돌리자 얼핏 보이던 매출장부 엑셀 화면이 등받이에 가로막혔다.

"왜요."

"이제 내일모레가 개강이지."

"예."

"이야기 좀 하자."

기분이 갑자기 곤두박질쳤다. 내가 해 온 거짓말 때문은 아니었다. 죄책감이야 물론 있지만 불쾌감은 그보다 더 오래된 기억에서 왔다. 어릴 적부터 아버지는 나한테 마뜩찮은 게 있으면 대화를 하자며 나를 세워 놓았다. 그러면 나는 내가 무엇을 잘못했고 어떤 면에서 개선해야 하는지를, 그리고 구체적인 실행 방안을 아버지가 만족할 때까지 읊어야 했다. 그게 아니라며 윽박지르는 목소리를 들어가면서. 물론 자아비판 시간이 끝나면 매도 맞았다. 결국 내가 택한 전략은 일부러 아버지의 화를 돋운 다음 일찍 얻어맞는 거였다. 난 아버지의 패턴을 알았다.

경상도 농가의 맏아들이었던 아버지는 서울 사람이 될 만큼 부드러웠고 폭력의 대물림을 끊고자 결심할 만큼 이지적이었지만 치명적인 결점이 있었다. 진정성에 대한 숭배를 버리지 못했다는 것이었다. 서로가 마음의 문을 열고 솔직한 대화를 나누면 서로를 이해할 수 있을 거라는 믿음은 쌍방이 대등한 관계일 때에만 성립한다. 그러나 모든 부모는 아이를 스무 해 이상의 제작 기간을 요구하는 수공예품처럼 생각하기 마련이었다. 공예품이 자신의 형태를 스스로 결정하는 것은 제작자에게 용납될 수 없는 일이었다. 따라서 그들의 소통은 허위와 폭력의 게임이어야만 했다. 진의를 다정함으로 감싸고 아이를 바람직한 방향으로 밀어 가는 것이, 그러다가도 격렬한 거부 반응 앞에서는 압도적인 차이를 드러내 기세를 꺾고 복종시키는 것이 부모의 일이었다. 진정성과 정직의 힘을 동경하는 이들은 그 역학을 인정하지 않으면서도 똑같은 방식으로 행동하기 때문에 악질적이었다.

결국 내가 지난한 자아비판을 통해 배우고 받아들인 것은 아버지의 정직성이 아니라 엄마의 경멸이었다. 휴대폰을 반으로 부러뜨리거나 뺨을 후려갈기거나 매를 드는 일에는 신뢰와 기대가 도사려 있지만 경멸과 냉담은 상대를 그 자리에 내버려 두고 홀로 흘러가기 마련이다. 따라서 경멸하는 사람은 타인을 미워하지 않으며 바꾸려 애쓰지도 않는다.

"대학들이 비대면으로 수업을 한다던데."

아버지가 질문을 던졌다. 나는 대답에 앞서 모니터 귀퉁이를 힐끔거리며 정확한 시간을 확인하려 애썼다. 1시 20분. 대화가 너무 길어지지 않기만을 빌 뿐이었다.

"예."

"너 학교도 비대면이냐."

"예."

"집에서 수업 들으면 집중은 되겠냐."

"예."

"그러면 자취방은 안 얻어도 되는 거냐."

"예."

"원래 살던 곳이,"

"1,000에 60이요."

1,000/60. 한동안 고시원에 살다가 처음으로 구한 집. 전업 투자자 노릇을 시작하고 세 달 뒤에 옮긴 집. 오피스텔에 월세를 얻기 전까지 살던 집. 미니 크루드오일과 대두유 선물의 수익금으로 쌓은 집. 무슨 말이 나올지도 모르면서 보증금부터 읊은 것은 거기에 아버지의 지분이 없음을 상기시키기 위해서였다.

그 하나를 제외하면 나는 할 줄 아는 말이 예와 아니오밖에는 없는 것처럼 굴었고 아버지는 할 말이 많은 표정으로 나를 빤히 바라보았다. 이건 안 좋은 신호였다. 고개를 약간 돌려 시선을 피했다. 내가 혼자서라도 자취방을 얻은 다음부터 아버지는 갑자기 후회하기 시작했다. 자신이 너무 강압적으로 굴었다는 거였다. 그러고는 진심 어린 사과를 하면 내가 갑자기 개심할 거라고, 그래서 서로 화목한 대화를 나눌 수 있으리라고 믿었다.

문제는 그 진심의 본질이 여전하다는 거였다. 아버지는 기대가 거부당할 때마다 자신이 무엇을 그렇게 잘못했느냐면서 화를 터뜨렸고 내게 구체적인 개선안을 요구했다. 내가 자식 같지도 않으며 인정머리가 없다고도 했다. 그러나 나는 수백 년 전의 왕들을 미워하지 않는 것처럼, 지구 반대편의 누군가에게 아무 감정이 없는 것처럼 아버지에 대해서도 별다른 생각이 없었으므로 대답하지 못했다. 원하는 건 아버지가 내게 관심을 끊는 것뿐이었다. 주고받는 것 없이, 서로 간에 냉담만을 유지하는 일. 만약 내가 아쉬운 입장이 되더라도, 이번 기회에마저 실패하더라도 정운채에게 연락을 하지 아버지에게 돈을 빌리진 않을 테니 조건은 공평했다.

아버지가 계속 나를 노려보았다. 긴 침묵 끝에 한 문장이 떨어졌다.

"들어가서 자라."

"예."

나는 아버지가 시킨 대로 방에 들어갔지만 잠에 들지는 않았다. 아버지와의 대화 때문인가, 블로그라도 확인해 보아야겠다는 생각이 들었던 것이다. 침대에 앉아 노트북을 펼쳤다.

알림은 그새 셋이 늘어나 열두 개가 되어 있었다.

스크롤을 천천히 내리면서 댓글 각각을 일정한 기준으로 분류했다. 첫 번째 단계는 노골적인 적의를 걸러 내는 것이었다. 뷰가 틀렸다거나 하는 지적은 쉽게 수용했지만 저의를 지레짐작하는 부류에 대해서는 예민해질 수밖에 없었다. 내가 리딩방 사기를 치려고 블로그를 운영한다거나 하는 의심들. 오늘도 하나가 있었다. 대답도 하지 않고 삭제한 뒤 해당 아이디를 차단했다. 이제 남은 열한 개 중 열 개는 잘 읽고 갑니다, 정도의 덕담이었고 답장이 필요한 건 하나뿐이었다.

[섭리와운명] (2020/2/29)
복귀하셨군요! 블로그 늦게 확인했습니다. 한동안 소식이 없어서 무슨 일이셨을까 궁금했어요. 1월부터 쓰신 글들 읽으면서 인사이트에 감탄하고 있습니다.

익숙한 아이디.

유가가 30 아래로 내려간다 하셨는데, 다음 달 5일부터 감산 합의를 한다는 이야기가 있네요. 어떻게 보시나요?

인사말에 이어지는 본론은 OPEC+ 회의에 대한 질문이었다. 수요가 줄어서 가격이 내려가는 상황인 만큼, 하락을 막기 위해서는 공급을 줄일 필요가 있었다. 당분간은 OPEC+ 동향에 따라 유가의 움직임이 결정될 거였다.

[Oikonomia] (2020/3/1)

안녕하세요, 오랜만입니다. 그간 일이 좀 있었어요(별건 아니지만요) :D

기술위원회에서 최소한 60만 배럴을 추가 감산해야 한다고 나왔죠. 사우디에서는 150만 배럴까지 보고 있고. 그런데 국가별로 입장 차이가 날 수밖에 없다 보니, 협상이 타결될지는 잘 모르겠어요. 중동이랑 러시아랑 미국이랑 생산단가도 다르고 상황도 다르니까. 일단 결렬이 나면 급락세가 강하게 나올 텐데.

그 단락으로 운을 떼고서는 고려할 정황을 줄줄이 나열하자 거의 이천 자가 나왔다. 짧은 칼럼 수준이었다. 하지만 길이가 그렇게나 길어져도 답글 등록 버튼을 누를 때는 이것으로 충분할까 싶은 생각에 불안해졌다. 내 대답이 상대의 계좌에 영향을 미치기 때문에 그런 것만은 아니었다. Oikonomia 블로그의 체면이나 구독자들이 선물해 주는 기프티콘도 이유의 전부는 아니었다. 나는 그냥 이런 관계가 편했고 맡은 역할에 최선을 다하고 싶었다. 그 소망은 목표라기보다는 전제였다.

정운채와 김민우가 재미있는 이야기를 기대하는 것처럼, 구독자들이 뷰를 궁금해하는 것처럼 관심에는 근거가 필요했다. 이유 없는 호의, 갚지 못할 호의를 받으면 마음이 불편해졌지만 관심과 대답을 맞바꾸는 거래라면 얼마든지 할 수 있었다…… 그런 의미에서 섭리와운명은 참 고마운 사람이었다. 고깃집을 꾸리는 사십 대 초반의 자영업자였고, 이 년 전부터 이 블로그를 봤고, 항상 나를 좋아해 줬다. 까다로운 질문을 한 적도 없었다.

나는 본문을 보강하는 대신 마지막에 한 줄을 덧붙였다.

p.s 오랜만에 뵈어서 저도 기쁘네요. 항상 긍정적인 관심 감사합니다. 좋은 하루 되셔요.

답글을 올리자 마음이 조금 가벼워졌다. 노트북을 닫고 바닥에 내려놓은 뒤 잠들었고, 한낮이 되어 일어났다. 일요일, 시장 생각을 하지 않아도 괜찮은 마지막 시간. 어제 일이 액땜이라도 되었는지 아버지는 말을 걸지 않았고 나는 평안했다.

주식을 시작할 때는 1주를 사서 100원짜리 한 틱이 등락하는 것만 보아도 즐겁다. 파도풀장에 처음으로 뛰어든 아이처럼, 호가창의 움직임에서 거대한 흐름을 느끼고 거기에 정신이 휩쓸리는 것이다. 그러다 익숙해지면 넣은 돈이 500만 원쯤은 되어야 조마조마한 느낌이 들고, 마음의 선을 깨부순 다음부터는 손해를 보든 이익을 보든 묘한 쾌감이 생긴다.

내 선은 주식이 아니라 선물판에서 처음으로 깨졌다. 매매 초기, 하루 만에 시드의 절반을 날렸을 때. 사람은 환희에 매혹되는 만큼 분노와도 사랑에 빠질 수 있다. 한껏 불타오른 뒤에 찾아오는 소강상태는 더없이 절망적이면서도 평안하기 때문이다.

현란하게 오르내리는 호가창이, 쉼 없이 들어오고 빠지는 매물 덩어리가 심장에 펌프질을 넣는다. 잔고가 늘어나다가, 줄었다가, 늘어난다. 손실액을 복구해야 한다는 강박은 머리를 데우고 심장을 뛰게 한다. 수만 개의 숫자는 모니터 너머 누군가의 목소리가 되어 나를 뒤덮는다. 한없이 끔찍하면서도 한없이 충만한 시간들. 그러다가 갑자기 모든 것이 멀어지면서 텅 빈 방에 나 혼자만이 남는다. 다른 매매자들의 얼굴은 이제 무감각한 숫자의 행렬이 되고 봉차트는 읽히지 않는 패턴일 뿐이다. 홀가분한 느낌이 온몸을 적시고 피곤이 몰려온다.

그렇게 잘못을 복기하면서 잠에 들기를 며칠쯤 반복한 다음에는 새로운 삶을 얻은 듯한 느낌이 영혼에 갑작스러운 불을 틔운다. 되살아난 것이다. 머리의 퓨즈가 합선을 일으킨 것이거나. 그 상태로 매매를 시작하면 이상한 간질거림이 심장을 뒤덮는다. 저번처럼 미친 척 굴어서는 안 된다는 생각과 그 상태를 다시 한번 겪고 싶다는 충동이 동시에 올라온다. 정신의 한계를 가늠해 보듯이, 명확한 자리에서 끊지 않고 가만히 하락을 지켜보기도 한다. 파멸이 내 머리 위를 스쳐 가서 다른 누군가를 겨누는 순간, 불안과 희열이 뒤섞이고 분노는 스릴의 다른 이름이 된다…….

지난 여섯 달간 끔찍하게 여기면서도 그리워했던 것 중 하나가 바로 그 간질거림이었다. 등락이 부재한 세계는 너무 조용하고 견고했다. 나는 평온함에 안도했지만 한편으로는 특유의 지루함에 진절머리를 내고 있었다. 그래서 잡초를 모아 태우는 마약중독자의 심정으로 인버스 ETN이 내게 간질거림을 안겨 주길 빌었다. 1,200을 넣었을 때에는 별 반응이 없었다. 30퍼센트가량의 수익이 난 지금도 마찬가지였다. 액수가 부족했을 수도 있으니까, 정운채에게서 빌린 2,000을 더 넣으면, 3,600.

이제 〈○○ 인버스 2X WTI원유 선물 ETN〉에는 김민우의 일 년치 연봉이 베팅액으로 들어가 있었다. 심장이 두근거리기를 기다렸지만 그런 일은 없었다. 안도감과 참담한 기분이

더불어 느껴졌다. 어쨌든 나는 여기에 적응해야 했고, 모니터 속에서 휘몰아치는 돈만이 아니라 진짜 세상에도 관심을 가질 필요가 있었다.

／

강의를 듣는 척 유튜브에서 아무 영상이나 틀어놓고 커뮤니티 사이트를 돌아다니는 나날이 시작됐다. 유가 차트를 봤다가는 정말로 선물 거래에 뛰어들게 될 것 같아서 달리 시간을 보낼 방법이 필요했던 것이다.

커뮤니티 게시판은 오늘도 확진자 동선을 두고 이러쿵저러쿵 말이 많았다. 방역당국이 확진자의 행적을 문자 메시지로 쏴 주었다는 이유만으로 사람들은 남의 삶을 해부할 권리가 있는 것처럼 굴었다. 이 시국에 친구를 넷이나 만난 것은 칠칠치 못한 일이었고, 5번 확진자(남)가 A호텔에서 3번 확진자(여)와 만난 건 불륜의 증거가 됐다. 확진자들이 동선 공개에 고통을 호소한다는 기사가 나오면 민폐를 끼친 주제에 배짱이라는 반응만 돌아왔다.

타인의 삶을 영화처럼 관람하는 건 인간의 나쁜 습관이었다. 더 나쁜 건 그런 태도가 착각과 망상을 불러온다는 사실이었다. 삶에는 누구라도 알아볼 만한 복선이 깔려 있으므로 잘못된 결말로 향하는 복선을 피하는 것은 모두의 의무라는 착각. 의무를 지키지 못한 사람은 악인이며 악인은 심판받아야 한다는 망상.

5번 확진자와 3번 확진자가 무슨 관계인지는 몰라도, 나는 결과가 판단력에 비례한다고 믿는 인간들의 행태에 신물이 났다. 이 시국에 친구를 넷이나 만난 게 얼마나 큰 실수인지 따지고 싶지도 않았다. 정의와 의분의 악성에 대해 장광설을 늘어놓을 자격은 애당초 없었다. 그냥 정연함에 도취된 사람들을 볼 때면 그들을 배심원석에서 끌어내 돈의 소용돌이에 던지고 싶을 뿐이었다. 책임이라는 단어를 조심스럽게 대하는 법을 배울 수 있도록.

썩 잘못하지도 않았는데 갑자기 계좌가 토막 나는 상황은 일상적이었다. 그 계기는 계산에 넣기엔 애매하지만 무시하기엔 찜찜할 만큼의 전조로 우리 주위를 맴돌다가, 선반영이라는 이름 아래 감춰지다가 뜻밖의 순간에 현실로 닥쳐온다. 그리고 과매수든 과매도든 간에 상황과는 비례하지 않는 가격을 한번쯤 찍고 적당한 자리를 찾아간다. 내가 속한 세계는 항상 그런 식으로 굴러갔다. 사건은 예상할 수 있을지라도 정확한 타이밍은 누구도 모른다. 타이밍이 중요하다. 작년의 손실도 마찬가지였다. 반대매매가 나가자마자 방향을 바꾸는 그래프 앞에서, 나는 포지션과 타이밍이라는 걸 한참이나 생각했던 것 같다. 그게 도대체 뭐기에.

그래서 나는 언젠가 미국이 그런 것처럼 한국도 코로나19에 뒤덮일 거라고, 이들을 손가락질하는 사람도 확진자 신세가 될 거라고 상상해 보았다. 그때가 되면 비난 여론은 존재하지도 않았던 것처럼 사라질 것이다. 관람석에서 무대로 자리를 옮긴 순간, 사람은 좋든 싫든 간에 남의 복잡성이 자신의 것과 동등함을 알게 되기 때문이다. 그러니까 지금의 확진자들은 칠칠맞게 돌아다닌 모든 사람의 죄를 미리 대속하는 셈이었다. 일찍 운이 나빴다는 이유만으로.

하지만 때가 오기 전까지는 비난이 이어질 테고, 분위기가 바뀌더라도 선뜻 사과하는 사람은 많지 않을 거였다. 뒤로 가기를 누른 다음 탓하는 사람도 책잡힐 사람도 없는 게시글을 찾아다녔다. 오리부대라는 단어 앞에서 마우스가 멈췄다. 아프리카 메뚜기 떼가 아프리카를 휩쓸고 중국을 향해 날아오는 중이라고, 중국 당국이 벌레를 먹어치울 오리부대를 파견할 예정이라고 했다.

이번에는 댓글 반응이 모두 장난스러웠다. 메뚜기 떼도, 메뚜기를 잡아먹는 오리도 가벼운 만화 속에만 있는 것처럼. 하긴 생물학적 재난을 막아 내는 게 특수부대원이나 과학자가 아니라 귀여운 오리라는 사실은 아이러니한 매력을 줬지만 피해 규모는 막연했다. 게시글에는 도표도 없고 자료 사진도 없었다. 그러니 메뚜기 떼 뒤편의 농부를 떠올리면서 깊은 연민에 젖을 수 있는 사람은 많지 않을 거였다.

모니터 속에 관람할 인간이 없는 게 다행인지 불행인지. 묘한 기분에 사로잡혀서 메뚜기 떼와 관련된 것들을 검색해 봤다. 개신교 계열 신문사가 미국 목사의 주장을 싣고 있었다. 메뚜기 떼와 코로나19는 하나님이 타락한 현대인에게 내리는 심판이라는 거였다. 심판. 또 심판이다. 그런 이야기를 기사에 옮겨 적는 걸 보면 편집국 일동도 목사에게 동의하는 모양이었다. 이 사람들은 이집트에 저주가 내리는 장면까지만 읽고 성경을 덮었나 보지.

나는 그 뒤의 내용도 알고 있다. 그중 하나는 하루아침에 모든 재산을 잃어버린 남자의 이야기다. 이름은 욥. 친구들은 죄를 지었으니 하나님께서 불행을 내린 것이라며 욥을 탓하고, 욥은 억울해한다. 도대체 어떤 잘못을 저질렀는지 알 수 없기 때문이다. 실제로 욥은 잘못하지 않았다. 하나님과 사탄의 내기에 어처구니없이 휘말렸을 뿐이다.

이야기의 교훈은 명확했다. 세상은 원래 까닭 없이 끔찍해지는 것이니까, 타인의 불행을 두고 욥의 친구처럼 굴지 말라는 거였다. 수천 년 전의 중동에도 그 교훈이 필요한 사람은 참 많았나 보다. 그런데 21세기에, 미국 목사가 이러고 있는 걸 보니 어떤 구실로든 남을 벌하고 그 위에 서려는 욕망은 불변인 듯했다. 그건 문명의 어쩔 수 없는 부작용인지도 모른다. 들개들은 방역당국이나 하나님을 들먹이기보다는 그냥 물어 버리니까.

시장의 성질도 마찬가지라는 사실이 이상한 위안처럼 다가왔다. 시세가 오르내리는 동안 누군가는 벌고 누군가는 잃는데 거기에 명분을 가져다 붙이는 사람은 없다. 도의야 어떻든 간에 벌면 그만인 것이다. 그 점에서 나는 커뮤니티 사이트보다도 인베스팅닷컴을 더 편하게 느꼈다. 각종 주식 시세와 원자재 선물 시세를 실시간으로 보여주는 웹사이트다. 담요에 머리를 파묻듯이 인베스팅닷컴을 열었고, 상단 바의 검색창에 'Rough Rice'를 써 넣었다. CME에 상장된 현미 선물. 상품코드는 줄여서 ZR. 메뚜기 떼가 중국까지 다가왔으면 어떤 식으로든지 영향을 받았으리라는 판단에서였다.

가격 변동이 조금이라도 있으리라 생각했는데 의외로 2월 3일과 3월 2일의 시세 사이에는 별 차이가 없었다. 한 달간 13.5 근처를 맴돌면서 일직선에 가까운 차트를 그릴 뿐이었다. 악재가 모두 반영된 그림인지, 미국의 현미 시세는 중국과 별 관련이 없는 건지. 아니면 지금이라도 매수를 잡고 오르는 쪽에 베팅해 봐야 하는지. 현미 선물은 원체 거래량이 적었거니와 제대로 알아본 적도 없었으므로 확답을 내리긴 어려웠다.

그래서 나는 시세 전망을 머릿속에서 지우고 사람들이 불행에 반응하는 방식을 다시금 생각해 보았다. 정중하고 엄숙한 애도만을 보이면 좋겠지만 세상 사람은 대부분 욥의 친구거나 짓궂은 구경꾼이었다. 한편 욥에게는 동업자도 있었을 것이다. 그러니 셋이다. 불행을 천벌이라 믿고 함께 죄인을 벌하려는 부류. 그걸 가십으로만 대하는 부류. 남이야 어떻건 돈 생각만 앞세우는 부류. 그 셋 사이에 어떤 도덕적 우열이 있을지가 궁금했다. 이것도 마찬가지로 확답을 내릴 수 없는 주제였다. 답이 어떻건 나 역시 떳떳하진 못할 입장이었고…….

나는 OPEC+ 합의가 결렬되기를 기대하고 있었다.

원유 선물 ETN은 주식 시장이 열린 동안에만 거래할 수 있었다. 아침 9시부터 오후 3시 30분까지만. 하지만 선물 시장 자체는 한 시간의 쉬는 시간을 제외하면 하루 내내 계속됐다. ETN 투자자는 거래시간의 2/3가량을 놓치는 셈이었다. 가격 변동에 대응할 방법이 없다는 점에서는 페널티였지만 온종일 차트를 확인할 필요가 없다는 점에서는 다행이었다. 나는 인베스팅닷컴 사이트를 닫아 놓고 김민우와 노닥거리고 있었다.

"야, 근데 폭락한다면서. 아직 안 폭락했는데? 이제 다시 올라간다던데?"

"누가 그래?"

"박 부장이."

나는 김민우의 말에 앓는 소리를 삼켰고, 이번 주의 전개를
복기했다.

토요일에 정운채를 만나서 돈을 받은 다음 월요일이 되자마
자 인버스 ETN을 샀다. 3월 2일이었다. 급한 마음에 내린 결
정이었는데 결과는 좋지 못했다. 유가는 그날 4퍼센트가 올
라서 46달러 언저리가 되었고 코스피는 닷새에 걸쳐 2,000선
을 회복했던 것이다. 여러 종류의 기대감이 일시적으로 바닥
을 만든 다음 시세를 받쳐 올리고 있었다. 이렇게나 급락했으
니 기술적 반등이 나오지 않겠느냐는 기대. 미국 연방준비은
행이든 OPEC이든 행동에 나설 거라는 기대.

헛된 기대라고 생각하긴 했지만 나는 긴장에 사로잡혀 있
었다. 뷰에 근거와 확신이 있어도 실제로 보이는 숫자가 다르
면 마음이 흔들리기 마련이다. 시드머니의 2/3가 빌린 돈이라
면 말할 것도 없었다. 게다가 블로그에 대폭락이 온다며 호언
장담을 해 놓았는데, 된통 틀려서 망신을 살 가능성은 덤이었
다. 지금의 불안은 호가창을 바라볼 때 심장이 조여드는 것과
는 완전히 다른 느낌이었고, 훨씬 기분 나빴다. 머리를 잘근잘
근 짓누르는 것 같다고나 할까.

"미치겠다."

"그러니까 내가 안 한다고 했잖아. 내가 알아보니까 인버스인가 그거, 잘 모르면 골로 간다던데. 특히 나한테 시킨 거. 원유 2X. 그거 말도 안 되게 위험한 거라면서. 너 그러는 거 보니까 안 하길 잘했다 싶다."

"내가 그 이야기한 게 언제야. 저번 주 토요일 아니냐."

"오늘 금요일인데. 3월 6일."

"어쨌든 일주일도 안 지났잖아. 좀 기다려 봐. 아직 안 끝났어."

"나 친구 중에 토토 하는 애 있거든."

"토토?"

"걔가 2대 1에 베팅해 놨는데 후반전에도 1대 1 상태에서 골이 안 터지는 거야. 그러면 걔도 너처럼 말하거든. 아직 끝이 안 났대."

"축구랑 시장이 어디 같나……."

실제로 시장은 끝도 시작도 없다는 점에서 차이가 컸다. 바카라는 딜러가 카드를 쪼개는 찰나에 승부가 결정되고 토토는 한두 시간의 경기로 결착이 나는 반면 시장은 오늘의 결과가 내일로, 모레로 계속 이연됐다. 따라서 투자자들은 언제 올라타서 언제 내리느냐를 결정함으로써 자신의 승부를 만들어야만 했다. 그건 특유의 매력이자 구조적인 결함이었다. 시장에는 데드라인이 없지만 사람의 현금 흐름에는 데드라인이 있는 까닭이었다.

당신이 파산할 때까지 시장은 비이성적인 상태를 유지할 수 있다. 어떤 경제학자의 명언이다. 나는 선배들의 말을 무시하지 않을 만큼은 현명해졌지만 한편으로는 내가 그 진리들을 교묘하게 비껴가길 바랐다. 이성적인 시장이라면, 산유국들의 역학을 고려하면 유가는 적어도 30달러까지 내려가야만 했다.

"그래서, 얼마나 더 기다려야 돼?"

"샀냐?"

"내가 그걸 왜 사."

"안 샀으면서 왜 물어보는데."

"궁금하니까 묻지."

경쾌한 웃음소리가 스피커를 쳤다. 아무것도 사지 않은 사람 특유의 여유가 느껴졌다. 좋을 때다. 나는 빈정이 상해서 음성 대화 채널을 확 나가 버릴까 고민하다가 내가 비합리적으로 굴고 있다는 사실을 인정했다. 좀 궁금해할 수도 있지. 웃을 수도 있고.

자기객관화가 가능한 비결은, 수익이 깎이긴 했어도 상황이 아주 나쁘진 않은 덕분이었다. 오히려 수요일까지의 추세에 비하면 호조를 보인다고도 할 수 있었다. 어제부터 진행된

OPEC+ 회의는 그럴듯한 성과를 내어놓지 못하고 있었다. 생산량을 줄여서라도 가격 하락을 막아야 한다는 게 대세 여론이었지만 세부적인 부분에서 합의가 나지 않았다. 사우디아라비아는 6월까지 150만 배럴의 추가 감산을 제안한 반면 러시아는 100만 배럴 이상은 안 된다고 버텼다.

러시아는 감산이 급하지 않기 때문에 가능한 일이었다. 국가 재정의 대부분을 석유 대금으로 충당하는 곳과 아닌 곳의 입장은 다르기 마련이었다. 미국 셰일유의 업황도 고려할 요소였다. 원유의 생산원가는, 중동이 8달러. 러시아는 20달러. 미국 셰일유는 40달러. 가뜩이나 빚이 많은 셰일유 업계로서는 낮은 유가가 치명적일 수밖에 없었다. 지금도 상당히 많은 회사가 파산의 문턱에 놓여 있었다. 그래서인지 지난한 협상이 사실은 중동과 러시아의 팀플레이라는 의견도 나왔다. 협상을 일부러 결렬시킨 다음 가격을 확 낮춰서, 경쟁자를 고사시키려 한다는 거였다.

정확한 저의는 모른다. 수원의, 이십 년 된 아파트에 앉아서 러시아 에너지부 장관의 속마음을 짚어 낸다는 건 기적일 것이다. 하지만 OPEC+ 회의의 결말이 곧 닥쳐오리라는 것만큼은 확실했다. SNS 계정을 열어 내가 세 시간 전에 공유한 '찌라시'를 확인했다. 공식 입장은 아니지만 내부자 정보라면서 떠도는 이야기. 'Moscow Only Agrees To Extend Existing

OPEC+ Oil Cuts, No Extra Cuts And Its Position Won't Change-RTRS Source.' 러시아가 원하는 건 오직 현상 유지였다. 추가 감산에는 결코 동의하지 않으며 입장 변화 또한 없을 것이었다.

"얼마나 더 기다려야 하냐고 했지?"

"어."

"오늘 안에 결론 난다."

지금쯤이면 조짐이 나타나지 않았을까 생각하면서 인베스팅닷컴을 켰다. 조마조마한 마음으로 시세를 확인하는 순간 봄 햇살 같은 기운이 머릿속에 비쳐 들어왔고 입꼬리가 제멋대로 올라갔다. WTI원유의 가격은 어제에 비해 5퍼센트가 떨어진 43.28. 세부 화면으로 들어가자 아래로 쭉 뻗은, 새빨간 15분봉이 나타났고 러시아가 감산을 거부했다는 뉴스도 보였다. 나는 휴대폰을 켜서 이 급락이 지금 당장 시세에 반영되기라도 할 것처럼 계좌 새로고침을 몇 차례 눌렀다.

그리고 다시 입을 열었다.

"아니, 지금. 지금부터."

한 음절을 발음할 때마다 가격은 더, 더, 더 내려가고 있었다. 이제 시작이었다.

∧

- 원유매도 골드매수 너무 편안해
- 월요일 퇴학 예정입니다(장문)
- 나스닥도 무너지는데 중국은 왜 안 망하는 거냐?
  ㄴA50 말고 항생을 매도해야..ㅉㅉ^^
- 내가 나스닥 5천 보는 이유.txt

주말이라 장이 열리지 않는데도 해외선물 커뮤니티는 유례 없이 떠들썩했다. 대공황이 올 거라느니, 나스닥이 반토막이 날 거라느니 하는 제목들이 잇달아 터지는 폭죽처럼 게시판을 뒤덮었다. 흡사 축제 분위기였다. 선물판에 발을 붙이고 있다 보면 몸 바깥의 행운과 불행을 감각하는 센서가 힘을 잃었다. 주식 시장의 불황은 큰 손해의 동의어였지만 이곳에서의 하락은 대응해야 하는 조건 중 하나에 불과했던 것이다. 그 반대의 경우에도, 상승에 대해서도 마찬가지였다.

어느 무엇도 성공이나 실패를 보장하지 못한다는 사실은 희망과 절망의 총량을 일정하게 유지하는 동력이 됐다. 파산을 예감하고 주절주절 글을 써 내려가는 사람 위에는 자신의 선견지명을 자랑하는 사람이 있었고, 누군가는 크루드오일 매수 30계약이 담긴 계좌를 찍어 인증 글을 올리기도 했다. 지금 분위기로 보면 장이 열리자마자 3억 원쯤을 잃을 예정이었다. 원금을 모두 날리고도 증권사에 갚아야 할 빚이 7,000.

추천 수는 오늘 올라온 게시글 중에서 가장 높았고 반응도 폭발적이었다.

'나만 아니면 돼'를 외치는 댓글. 수익도 손실도 한순간이라며 달래는 댓글. 시드가 많다며 부러워하는 댓글. 이 시장에서 돈을 벌어간 사람은 없다며 패배주의를 설파하는 댓글. 요새 금리가 낮은 데다가 대출도 잘 나오니 재도전의 문을 두드려 보라는 댓글.

'가족명의 담보대출만이 살 길입니다. 사나이답게 질러 보시죠.'

그것들 각각을 읽어 내려가던 도중 휴대폰 상단 바에 메일 아이콘이 나타났다. 블로그와 연결된 SNS 계정에 새 소식이 있다는 뜻이었다.

하루에 두 번만 확인한다는 원칙을 깨고 얼른 들어가 봤다. 지금은 그래도 됐다.

DM이었다.

[섭리와운명] (2020/3/8)
증산은 예상도 못했네요. 축하드려요.

섭리와운명도 원유 매도를 잡았을까? 궁금하긴 했지만 물어보는 건 매너가 아니었다. 나는 깔끔하지만 뿌듯함이 묻어 나오는 한 문장을 써 넣었다.

　[Oikonomia] (2020/3/8)
　감사합니다. :)

　협상 결렬로부터 이틀이 지나 사우디아라비아가 일일 1,000만 배럴 이상의 증산을 발표한 상황이었다. 감산으로 현재 가격을 유지할 수 없다면, 반대로 가격을 확 내려서 시장 점유율을 늘리려는 의도였다. 경쟁력으로만 따지면 러시아나 미국은 중동에 비할 바가 아니니까.

　회담 결렬만으로도 급락이 나온 판이었다. 사우디가 다 같이 죽자는 식으로 태도를 바꾼다면 시장은 훨씬 격렬하게 반응할 거였다. 크루드오일의 금요일 종가는 41. 월요일 장이 열리면 여기서 10은 더 떨어질 거라고들 했다.

　그러니까 예상치 못한 사태긴 했지만, 내가 주구장창 말했던 30달러가 코앞에 있었다. 시장이란 중간 과정이야 어쨌든 간에 숫자와 타이밍만 맞으면 모든 것이 괜찮은 곳이었다. 블로그 글을 다시 읽어 내려가면서 스스로가 한 달 전에 이 가격을 예견했다는 데 감탄했고 이미 본 기사를 몇 번이고 확인했다. 가리키는 대로 세계가 움직여 가는 상황은 효능감 이상의 전능감을 가져다 줬다. 하늘에 떠올라 저 아래의 나라들을 조감하는 느낌.

선물 거래와 다른 도박의 차이점을 짚으라면 여러 가지를 댈 수 있겠지만, 가장 큰 차이는 역시 규모에서 온다고 본다. 주사위 조합을 알아맞히거나 맨유나 아스날 중에서 승패를 고르기란 한 사람에게 소소한 만족감을 가져다줄진 몰라도 75억 명의, 지구 전체의 관점으로 보아서는 아무것도 아닌 일인 것이다. 반면 시장은 모든 것을 결정했다. 유가는 비철금속 시세와, 석유화학 제품의 가격과, 해운 선박 운임과, 농축산물 시세와 연관되어 있었다. 유가는 러시아와 중국과 미국과 중동과 남미의 정치적 역학을 반영했다. 결국 수익을 내는 거래란 관계의 그물망을 해석하는 작업이라고도 할 수 있었다. 그리고 나는…….

"뭐 하고 있어? 화장실 쓸 거니?"

나는 엄마의 목소리에 정신을 차렸고, 구름에서 뛰어내려서 아무것도 아닌 스물세 살로 되돌아왔다. 여기서 이러고 있으면 안 되는데. 자기 전에 세수를 하러 나왔다가 습관적으로 휴대폰을 붙잡은 참이었다. 한밤중에, 화장실 앞에 우두커니 서서 웃고 있으니 엄마한테는 이상하게만 보였을 것이다. 괜히 얼굴이 뜨거워졌다.

"세수 좀 하려고."

그렇게 대답하고서 도망치듯이 화장실로 들어가 문을 닫았다. 일부러 찬물을 틀고 얼굴에 문지르는 동안 전혀 다른 질문이 돈 생각을 비집고 나왔다. 엄마한테 이야기해야 하는 걸까? 지금 주식 계좌에 돈이 좀 들어 있는데, 내일 장이 열리면 5,800만 원쯤이 될 것 같다고? 그런데 그중에서 2,000만 원은 빌린 돈이라 내 몫은 3,800만 원이라고? 거기까지 생각한 다음 고개를 세차게 흔들었다. 제적당한 것에서부터 정운채의 존재까지, 숨긴 게 너무 많았거니와 3,800만 원은 그 비밀에 값하는 액수가 아니었다. 또 엄마와 아버지는, 아버지의 사업은……

퓨즈가 끊기듯 들뜬 기분이 달아나면서 머릿속이 새까매졌다. 어느 순간 나는 내가 물을 틀어놓은 채 양손으로 세면대를 붙잡고 있다는 사실을 깨달았다. 수도꼭지를 닫은 다음 조금 더 깊이 생각해 봤다. 내가 실패했는지, 궁지에 몰렸는지, 돌이킬 수 없는 상황에 처했는지. 모두 아니었다. 그럼에도 무언가가 잘못되어 있었다.

무엇이?

조금 더 고민하면 답이 나올 듯도 했지만 답하고 싶지 않았다. 나는 다 식어 가는 손난로를 주머니에 넣어 데우듯이 마지막으로 남은 행복감을 심장에 안았고, 방으로 들어가서 침대에 누웠다. 이럴 땐 자야 한다는 것은 평생의 경험으로부터 얻은 교훈이었다. 교훈을 지키기는 언제나 어려웠다.

새벽의 꿈은 악몽이었고 익숙한 얼굴도 여럿 나왔다. 섭리와운명은 내가 존경할 만한 금융인이 아니라 계좌가 거덜 난 스물셋임을 알게 되자 비웃으며 떠났다. 그다음엔 김민우가 나타났다. 김민우는 정운채에게 돈을 빌렸다는 이야기를 듣고서는 나를 경멸하듯 바라봤다. 다음은 엄마였다. 엄마는 나를 붙잡고 울었다……. 더 많은 사람들이 튀어나와서 주위에 몰려들었다. 정운채는 저 위에서 구경만 하고 있다가, 착한 척 굴지 말라는 소리만 남기고는 휙 떠나 버렸다. 이제 나는 장부를 점검하는 채무자처럼 지금껏 해 온 거짓말과 잘못들을 떠올려야만 했다. 저 멀리에 아버지가 있었다. 숨이 턱 막혔다. 다행히 숨이 막혀 죽기 전에 알람이 울렸다. 아침 6시 반.

깬 직후에 나는 내가 누구인지, 왜 이 시간에 일어났는지 기억하지 못한 채 누워만 있었다. 식은땀 때문에 옷이 쩍쩍 달라붙는다는 생각만 겨우 할 뿐이었다. 꿈이 잠기운 속에 빠르게 흩어지고서야 겨우 정신이 되돌아왔다. 개장이 7시니까, 크루드오일의 시초가를 보기 위해 이 시간에 알람을 맞춰 둔 것이었다. 일어나서 컴퓨터를 켜고 앉았다. 해외선물 계좌에 돈이 없어도 호가창 구경은 가능했다. 크루드오일의 장전 동시호가는 벌써부터 새파란 낯을 보이고 있었다. 38에 매도 매물이

1,000개쯤 쌓였다가 굴러떨어져서 36.70이 됐고, 34.28이 됐다가, 30 언저리까지 내려갔다. 곧 있으면 예약된 거래가 한순간에 체결되면서 시초가가 정해질 거였다.

32.87.

삐걱거리던 호가창이 그 숫자에 잠시 멈추더니 미친 듯한 속도로 내려가기 시작했다. 위로 한두 틱씩 튀어 올랐다가 다시 흐르는 모습이 꼭 가파른 비탈에서 구르는 사람 같았다. 추락은 언젠가 멈출 것이다. 충분히 많은 사람의 목을 꺾고 다리를 부순 다음에. 불현듯 커뮤니티에서 보았던 인증 글이 떠올랐고 주검으로 이루어진 산을 밟고 올라가 깃발을 꽂는 산악대의 심상도 나타났다. 거기에서 나는 어느 위치에 있을까…….

생각이 깊어지려던 찰나 벨이 울렸다. 휴대폰을 뒤집어 확인해 보니 정운채였다. 화면을 잠깐 노려보다가 통화 아이콘을 드래그했다.

"왜요?"

"넌 전화를 받자마자 왜요가 뭐냐, 왜요가. 여보세요지."

"아침 7시부터 전화를 걸어 대니까 왜요, 죠."

"깨어 있었잖아. 너도 어차피 동시호가 구경하려고 일찍 일어난 거 아니야?"

"그건 그렇긴 한데."

"그러면 됐지 말이 많아. 아무튼 고맙다, 야. 우리 고객님들 중에 매수 잡은 애들 많았는데 이걸 이렇게 두 배로 버네."

정운채는 남이 읊어 준 번호대로 복권을 샀다가 당첨표를 받아든 사람처럼 떠들었다. 매수자들이나 업체 고객들의 처지는 고려할 대상조차 아니라는 듯이. 나는 갑자기 그들에게 이입하면서 환멸과 혐오를 느꼈지만 드러내진 않았다. 돌이켜보면 나도 어제 저녁까지는 똑같은 태도로 웃고 있었던 것이다. 게다가 지금은 내가 아쉬운 입장이었다.

"몇 계약 넣으셨어요?"

"많이."

"많이가 얼마인데요."

"알아서 뭐 하게."

"2,000만 원 빌린 거, 수익금이랑 쌤쌤으로 쳐 달라고요. 제 덕분에 돈 버신 거잖아요."

"새끼야, 이건 이거고 그건 그거지."

정운채는 낄낄 웃더니 덧붙여 말했다.

"돈 필요하면 말해라. 더 빌려줄게."

"더 빌리긴 무슨. 앞으로 손 벌릴 일 없어요."

"야, 맞다. 내가 너한테 착한 척하지 말라고 자주 그러잖아."

"지겹게 하시죠."

"하나 추가할게. 마음 편하자고 지키지 못할 말은 하지 마.

그거 굉장히 나쁜 습관이야."

"됐어요, 진짜."

짜증이 치밀어서 그 말을 끝으로 통화를 끊어 버렸다. 전화가 다시 걸려 오지 않았기 때문에 나는 정운채의 표정을 상상했다. 아마도 즐겁게 웃고 있을 것이다. 정운채는 친한 동생이 건방지게 군다고 짜증을 내는 타입도 아닐뿐더러 지금은 돈도 엄청나게 벌리고 있으니까. 항상 기분이 좋아 보이니까. 그러니까 웃을 수밖에 없다.

나도 60퍼센트의 수익을 떠올리면서 웃으려 했지만 잘 되지 않았다. 어쩌면 처음부터, 증산 소식을 들었을 때부터 기쁜 마음이 덜했던 것 같기도 했다. 내가 알게 모르게 매수자들의 처지에 연민을 느낀 건지, 아니면 선물 3계약이 아니라 인버스 ETN을 산 걸 후회하는 건지 분간하기 어려웠다. 후자가 더 클지도 모른다. 해외선물 계좌에 돈을 넣었으면 2,000만 원이 아니라 1억 원을 벌었을 텐데. 누군가가 잃은 1억 원을.

그런데 남의 파멸을 앞에 두고 이런 후회를 하는 건 참 불경한 짓이 아닌가. 아닌가. 내가 선물 계약을 넣든 ETN을 하든 누군가는 원금을 모두 날리고 빚까지 졌을 테니까, 잘못은 러시아와 사우디아라비아한테만 있으니까 불경한 마음쯤은 품어도 되는 건가. 예전이었더라면 이런 고민을 헛소리로만 느꼈겠지만 -30퍼센트짜리 하락을 눈앞에서 직접 보니 생각이 깊어졌다.

다시 해외선물 커뮤니티에 들어갔다. 장이 열린 탓인지 분위기가 나쁜 쪽으로 기울어 있었다.

- 31살 갑작스러운 퇴학 그동안 감사했습니다
- 이런 미친 곳에서 돈을 벌려는 게 미친 짓
- 오일 매수였는데 이거 뭐임;;;;;;;
  └그거 다 빚이다… 증권사에 갚아야 하는 거다…^^
- 금욜 오버 오일 10계약… 여기서 끝이네요 ㅠ 일자리 알아보러 갑니다

게시글을 하나씩 클릭해 읽다 보니 그들에게도 나름대로의 근거가 있었다는 사실이 떠올랐다. 주말 사이에 추가 합의가 있을 것이라거나, 10퍼센트나 급락했으니 기술적 반등이 나올 것이라거나 하는. 삶이란 게 원래 사소한 차이로 망하고 흥하는 것이라지만, 결과가 꼭 선택에 비례하는 건 아니라지만 잠깐의 안일함으로 원금 이상의 손실을 얻어맞는 건 과했다. 그건 확실했다. 하지만 문제는 내가 이 일을 어떻게 생각하고 있는지, 혹은 어떻게 생각해야 하는지 알 수 없다는 거였다…….

복잡한 기분 속에서 시간이 빠르게 흘러 주식 시장이 열렸

다. 원유 인버스는 60퍼센트가 상승했고 SK이노베이션을 비롯한 정유 회사들의 주식은 폭락했다. 석유화학 회사들의 주식도 고전을 면치 못하기는 마찬가지였다. 주식 시장 전체가, 혹은 현실의 여러 삶이 침몰하고 있었다. 개미들이 종목토론방에서, 뉴스 댓글에서, 온갖 커뮤니티 사이트에서 비명을 내질렀다. 죽겠다면서 울부짖는 사람들. 수천만 원의, 억대의 손해가 찍힌 계좌 사진들.

그래서 뭐?

나는 아버지의 사업에 대해서도 고민해 봤다. 점점 올라가는 환율이야 그렇다 치더라도 중국산 부품 수입이 지연되어 현대차 공장이 멈췄다느니, 공단에 찬바람이 분다느니 하는 뉴스가 사방을 뒤덮는 시기였다. 증산 소식이 있긴 했지만 유가가 이만큼이나 떨어진 데에는 그런 것들의 영향도 분명히 있었다. 공장이 멈추고 경기가 나빠지면 그만큼 석유를 쓸 곳도 줄어드니까. 그리고 아버지는 공업용 코팅제처럼 사소한 품목을 수입해 와서 공장에 납품하는 사람이었다.

유가 폭락은 단순한 숫자놀음이 아니었고, 정말로 모든 것과 연결되어 있었다. 거대한 시소의 끄트머리에 선 느낌이었다. 한쪽에는 세계의 모든 고통이 모였고 반대편에는 그 고통을 발판 삼아 더 높이 올라가는 사람들이 있었다. 나는 코로나19가 터지자마자 잽싸게 반대편으로 달려갔지만 아버지는 저

쪽에 남았다. 저쪽에 남아서 새벽 1시까지 매출장부 엑셀 파일을 들여다보고 있었다. 그렇다면 내 수익금에 아버지의 고통은 얼마나 섞여 있을까. 나는 알게 모르게, 아버지를 상대로 부도덕한 거래에 참여하고 있는 건가.

하지만 내가 인버스 ETN에 투자하지 않는다고 해서 유가 폭락이 멈추고, 공장이 정상화되고, 중국의 봉쇄가 풀리는 건 아니었다. 나로서는 눈에 뻔히 보이는 돈을 찾아갈 수밖에 없다. 남들에게 이 길이 보이지 않는 것은 각자의 그릇이고 소관이지 내 탓은 아니다. 김민우가 인버스 투자를 거절한 것처럼. 그러니까…….

문이 벌컥 열리는 소리에 생각을 멈추고 알트 탭을 눌러 HTS 화면을 바탕화면 뒤에 감췄다. 엄마건 아버지건, 내가 돈을 굴리고 있다는 건 아직 들켜서는 안 되는 사실이었다. 고개를 돌려 문간을 보니 아버지였다. 낮부터 무슨 일이지.

"이야기 좀 하자."

아버지의 첫마디는 지난번과 같지만 얼굴이 조금 벌게져 있는 게 달랐다. 목소리도 훨씬 무겁게 들렸다. 무슨 일인진 몰라도 이건 진짜다. 불길한 예감이 복잡하고 배부른 죄책감을 모두 몰아내더니 적 앞에 선 동물들이 털을 부풀리듯 어깨와 등이 자연스레 올라갔다. 그 상태로 아버지를 빤히 올려다보다가 그냥 일어섰다. 어차피 나한테는 거부권이 없었다.

아버지는 나를 데리고 주방 식탁에 가서 앉았다. 식탁에 마주 앉는 건 정말 오랜만이었다. 밥은 알아서 챙겨 먹는 게 가풍이었던 것이다. 아버지가 나를 빤히 바라보았고 나는 고개를 수그린 채 부적이라도 되는 양 휴대폰을 만지작거렸다. 그러면 눈앞의 사람이 정운채나 김민우나 아무튼 휴대폰 너머에 있는 누군가로 바뀌기라도 할 것처럼. 한참이나 침묵이 흐르다가 아버지가 먼저 입을 열었다.

"자취방 보증금이 1,000이라고 했지."

아니야. 처음으로 든 생각은 그거였다. 뭔지는 몰라도 일단 아니어야만 했다. 나는 턱이 뻐근해지도록 이를 악물었다가 가까스로 대답했다.

"예."

"학교는 비대면이니 어디 갈 일도 없을 테고."

"예."

"한 달 안에 갚을 테니 이체 좀 해 다오."

외면해 왔던 위기감이 현실로 돌변했다. 그게 맞았다.

"대금 막을 돈이 안 들어와서 그런다."

나는 그제야 고개를 들어 올렸다. 어깨와 목 근육이 경직되어서 아팠고 움직임이 느릿느릿했다. 눈앞에 앉은 사람의 얼굴을 보려 애썼는데 주름진 살갗 위 그림자의 윤곽만 보일 뿐 표정은 보이지 않았다. 아버지의 눈과 코와 입이 잘못 붙인 콜라주처럼 떨어져 나와 허공을 휘돌고, 텅 빈 얼굴을 향해 모든 세계가 움츠러드는 듯한 느낌. 입안이 바짝 말랐다. 손등으로 이마를 쓱 문지른 다음 지나가는 사람을 찾듯이 고개를 휙휙 돌렸다. 거실에는, 주방에는, 화장실 앞에는 행인이 없다. 현관에는 엄마 신발이 없다. 오늘도 또 그 모임에 갔는가 보다.

"한 달이면 고비는 넘겨."

내가 아무 소리도 없이 고개만 돌려 대고 있으니 아버지가 다시 말했다. 달래는 듯한 어조였지만 은근한 공격성이 심지처럼 숨어 있었다. 근 일주일 전의 대화가 귓전에 윙윙 울렸다. 새벽 1시가 넘어가는 시간에 나를 불러서 자취방 이야기를 꺼낸 건 지금을 위한 복선이었나 보다. 나는 내가 아직 어리다는 사실을 통감했다. 신세진 게 없음을 과시한답시고 1,000만 원에 60만 원을 그대로 읊어 버린 건 아무 짝에도 쓸모없는 치기였다.

"네 엄마한테는 말하지 말고…… 이자 쳐서 갚으마."

아버지는 엄마한테 돈을 많이 빌려 썼다. 엄마 명의로 사업을 하고 있으니 대출도 당연히 엄마 명의로 나왔다. 나한테도 100만 원이나 200만 원씩 빌려 간 적이 있었다. 오피스텔에 살던 시절, 아버지는 내가 편의점 알바를 하는 줄로 알았던 시절의 이야기였다. 기꺼이 돈을 보냈지만 이자를 쳐서 갚는다는 말은 공수표였고 상환 기한도 지켜지지 않았다. 돈을 빌려간 사람이 상전이라는 말이 괜히 있는 게 아니었다. 가끔 집에 돌아가 이야기를 꺼내면 아버지는 내가 가족을 의심한다고, 어련히 주지 않겠느냐면서 화를 냈다. 엄마가 당신 애한테 돈 빌렸어요, 하고 흘겨보아야 겨우 수습이 됐지만 그런다고 해서 믿음이 돌아오는 건 아니었다.

이제 아버지의 신용등급은 인간적인 신뢰도보다 낮았다. 부모 대 자식이 아니라 인간 대 인간이라면 정치 이야기나 세상 돌아가는 이야기쯤은 나눌 수 있겠지만 채무 관계로 묶여서는 결코 안 되는 사람. 그게 아버지에 대한 내 평가였다. 빌려 달라는 액수가 100단위에서 1,000단위로 늘어났다는 사실도 공포를 키웠다. 정말로 물건이 안 팔리고 있는 걸까. 주식 시장의 차트가 깊은 바다를 그리듯이 아버지의 사업도 아래로, 아래로 향하고 있나. 이 사업은 엄마 명의로 돌아가고 있으니까 엄마도 운명공동체가 된 것인데. 그러면 나는 어떻게 해야 하지.

그 지점에서 다시 내 수익금이, 2,000만 원이 조금 넘는 돈이 떠올랐다. 계좌 잔고는 5,800만 원. 정운채에게 빌린 돈을 빼면 3,800만 원. 여기에서 다시 1/4을 턱 넘겨줘도 되는지가 긴가민가했다. 내가 평범한 대학교 사 학년이라면, 아버지의 사업이 잠깐만 위태로워졌을 뿐이라면 기꺼이 그랬겠지만 선뜻 고개가 끄덕여지지 않았다.

아버지야 최선을 다하는 것이겠지만 이게 과연 1,000만 원으로 틀어 막힐 일인지 알 수 없었고, 한편으로는 내가 그 돈을 더 수월하게 굴릴 수 있으리라는 반발감도 생겼다. 나는 돈 다루는 법을 알았다. 아버지보다도 훨씬 잘. 하지만 그 사실을 밝힐 수는 없었다…….

"없어요."

"없어?"

"보증금 대출받은 거라서, 없어요."

"그래도 이삼백은 있을 게 아니냐."

이삼백. 액수가 훅 줄어들자 투기꾼 나의 목소리도 함께 줄었고, 대신 스물세 살의 내가 중얼거리며 자학했다. 어쩌면 나는 정말 후레자식인지도 몰라. 대학교 동기들은 이제 사 학년인데, 대학교에 안 가고 공장에 취직했으면 이제 사 년차인데, 나는. 그런데 그 목소리조차도 돈을 턱 넘겨야 한다고 말하진 않았기 때문에 나는 혼란스러워졌다. 엄마가 아버지와 운명공동체든 아니든 나는 내 돈이 아쉬운 후레자식이니까, 그 뻔뻔함을 인정하고 뻔뻔하게 굴면 되는 것인가. 그런데 이런 요구에 네, 라고 대답하는 게 효도이거나 한가.

"이삼백은 있을 거 아니야?"

말을 않고 있으니 아버지가 더 큰 소리로 다그쳤다. 기시감이 느껴졌다. 어릴 때, 자아비판 시간을 조금이라도 빨리 끝내려고 일부러 아버지의 화를 돋우던 시절. 낮고 사근사근한 어조에 쇳소리가 섞여 드는 건 작업이 거의 끝나간다는 징조였다. 여기에서 한 발짝만 더 나가면 아버지는 화를 터뜨릴 거였다.

하지만 이번에는 경우가 조금 달랐다. 아버지는 나를 혼내려고 부른 게 아니었고, 돈 문제도 얽어맞아서 끝날 일은 아니었다. 익숙한 게임에서 처음 보는 퍼즐을 맞닥뜨린 느낌이었다. 이전과 같은 공략법이 먹힌다고 장담할 수는 없는 데다가, 도전 기회도 부족한 거. 심지어 시간제한까지 있었다. 이대로 대답을 뭉개고만 있으면 고함이 날아들 게 분명했다. 아니, 이미 충분히 늦었다.

아버지의 표정을 확인한 다음 들키지 않도록 테이블 아래로 손을 빼서 휴대폰을 켰다. 그리고 곁눈질로 녹음 앱을 찾아 열었다. 정운채가 내게 가르친 것 중 하나였다. 자신이 안드로이드 휴대폰만 쓰는 이유를 설명하면서 녹음의 중요성을 강변했던 것이다.

"야, 애플은 통화 녹음이 안 돼. 그런데 안드로이드는 버튼만 한번 누르면 된다니까? 인생 살 때 이게 엄청 중요하거든? 내가 중요한 대화를 하고 있다. 나중에 뒤통수를 얻어맞을 것 같다. 녹취를 따 두면 무조건 도움이 돼. 녹음 파일 들고 남 협박하라는 게 아니야. 그냥 가지고만 있어도 된다는 거야……."

아버지와 법정에 설 것 같진 않았지만, 사업상의 대화가 아니라 중년 남성이 화내는 소리를 담은 녹음이 어디에 쓸모가 있을지도 알 수 없었지만 나는 정운채의 충고를 듣기로 했다. 어쩌면 정운채가 레인지로버를 타고 나타나서 이 자리에서 나를 빼내 가기를 빌었는지도 몰랐다. 이번 기회에 돈을 꽤나 벌어다 줬으니까 무리한 부탁은 아닐 거였다. 제발. 나는 마음속으로 그 한 낱말을 발음하면서 녹음 버튼을 눌렀다. 그게 사실은 재생 버튼이기라도 했던 것처럼 아버지의 입이 열렸다. 쇠가 부딪히는 듯한 목소리 톤.

아버지는 나더러 가족도 아니라고 했다. 거래처 사장들은 부탁을 잘만 하면 사정을 봐 주는데, 다들 그러고 사는데 자식이라는 게 돈 몇 백이 아까워서 이러고 있다는 거였다. 가족끼리는 믿음이 있어야 하는데 그게 없다고도 했다. 대학을 다녀서 뭐 해? 인성이 안 됐고 사람이 안 됐는데 대학을 다녀서 뭐하냐고? 뭘 배우고 살아? 아버지는 그런 말들을 연속 재생이라도 걸린 듯 반복했고 나는 가만히 듣기만 했다. 제적당했다는 사실만 제외하면 아버지의 말이 모두 옳다고 생각하면서. 누가 투자를 하라며 꼬드긴 것도 아니니까, 스스로 선물 계좌를 열고 제적당하고 정운채를 만나고 돈을 빌리고 결국 여기까지 온 것이니까 파탄의 책임은 오로지 내게만 있는 것이었다. 그런데 내가 선물판에 왜 뛰어들었더라. 돈 때문이라 쳐도, 돈으로 하고 싶은 게 있었을 텐데. 이유가 뭐였지.

기억나는 게 없었다. 기억나는 게 없으므로 받아칠 말도 없었다. 윽박지르는 목소리가 점점 커지고 멀어지는 걸 느끼면서 나는 여전히, 굳은 듯이 그 자리에 앉아 있었다. 눈물 때문에 앞을 볼 수 없을 만큼 시야가 흐린데도 머리는 이상하게 맑았다. 오작동하는 비행기의 조종사가 되어서 속절없이 허허 웃는 기분이었다. 나는 내 정신에도 낙하산이 있다고, 그래서 몸 바깥으로 홀가분하게 뛰어내릴 수 있다고 상상해 보았다. 그러자 아무것도 아닌 스물세 살의 나와 시장을 굽어보는 내가 분리되었고 피냐타가 터지듯 내용물이 치솟아 나왔다. 모든 종류의 죄책감이 울부짖음처럼 머릿골을 울렸다. 엄마에 대한, 아버지에 대한, 내 삶에 대한 죄책감. 그것마저 귓구멍으로 빠져나가고 나자 내 안에 남은 게 없었다.

나는 침묵했다. 시간이 흘렀다. 어느 순간 아버지가 들어가라고 했다. 평소와 같은 패턴으로 끝났다는 사실만 겨우 다행처럼 느껴졌고 나머지는 희미하기만 했다. 무언가를 실컷 생각하고 있는데, 도통 단어가 달라붙지 않는 느낌. 일단 녹음을 멈췄다. 찬물로 세수한 다음 방으로 들어갔고, 컴퓨터 앞에 앉아 HTS를 열었다. 크루드오일의 호가창은 여전히 누군가에게는 벌칙 룰렛이, 누군가에게는 경품 룰렛이 되어서 마구잡이로 돌아가고 있었다. 어떤 가치관도 당위도 없이 욕망만이 넘쳐흐르는 곳이 얼마나 아늑하고 편안할 수 있는지 말한다면 보통은 손가락질을 받을 것이다. 세상에는 그런 부류를 위한 멸칭도 준비되어 있다. 속물이라고. 돈에 미친 사람이라고. 하지만 나한테는 속물일 이유가, 옳고 바른 것에 진저리를 낼 이유가 있었다……

그제야 내가 줄곧 바랐던 것이 무엇이었는지가 떠올랐다. 나는 이 모든 짓을 그만두고 싶었다. 죄책감을 몰아내고 싶었고 거짓말을 관두고 싶었다. 옳고 그름을 두고 속앓이하기를 멈추고 싶었다. 아버지의 사업이나 엄마의 명의에 대해서는 전혀 생각하지 않고 싶었다. 그냥 엄마를 데리고 이 집을 나와서 영원히 평안하게, 행복하게, 조용하게 동화책의 마지막 페이지처럼 살고 싶었다. 거기에서 명분은 중요하지 않았다. 오로지 내 욕망이, 내가 그것을 원한다는 사실만이 중요했다.

하지만 나는 그 점에서도 철저하게 실패했다. 날아간 기회는 두 번이었다. 여섯 달 전에, 잔고를 모두 날렸을 때. 그리고 지금. 정운채의 말대로 선물 매도를 잡았더라면 2,000만 원이 아니라 1억 원을 벌었을 텐데.

내장이 입으로 쏠려 올라왔다.

나는 휴대폰을 꺼내 전화번호부에서 정운채를 찾았다.

5

"어, 왜."

경쾌한 컬러링 음악이 두 소절을 지나가다가 정운채의 목
소리가 들려 왔다. 아무렇지도 않아 보이는 울림이 벽 같았다.
나는 겨우 운을 뗐다.

"아버지가,"

사정을 설명한 다음 돈을 조금만 더 빌려 달라고 해야 하는
데 말이 잘 나오지 않았다. 돈뿐만이 아니었다. 나는 정운채에
게 모든 것을 기대하고 있었다. 내 선택을 이해하고 인정하고
누구라도 그랬으리라고 말해 주는 것. 고작 그런 이유로 전화
를 걸었느냐면서 나를 놀리고 하찮게 깔보는 것. 그래서 아버
지와의 대화를 문제조차 아니게끔 만들어 주는 것. 혹은 그냥

가만히 내 울음을 견뎌 주는 것. 하지만 셋을 모두 얻어 낼 방법은 막연했으므로 나는 숨만 겨우 뱉고 있었다. 밭은 숨에 히끅거리는 소리가 섞여 나왔다.

"우냐?"

그렇게 시간이 조금 더 흘러서 정운채가 물었다. 목소리에는 비웃음과 걱정과 귀찮음과 호기심이 같은 비율로 섞여 있었고, 그것으로 충분했다. 만약 걱정이 향하는 곳이 내가 아니라 빌려준 2,000만 원일지라도 괜찮았다. 엔진이 스파크를 튀기며 뻗는 순간이, 비행기가 지면을 향해 곤두박질치는 순간이 머릿속에 떠오르더니 내 몸이 소리 내어 울기 시작했다. 정운채에게 들릴 만큼은 크게. 아버지에게 들리지 않을 만큼은 작게. 나는 그러면서도 머릿속을 휘도는 갖가지 소망을 핀셋으로 고르듯 나눌 수 있었다. 추한 꼴을 보이고 싶진 않으니까 정운채가 통화를 끊길 빌었는데, 한편으로는 통화가 계속 이어지기를 바랐다.

창문으로는 비스듬하게 햇살이 비쳐 들고, 먼지 알갱이들은 한가롭게 둥실둥실 떠다니고, 용건 없는 울음을 참아 주는 은혜가 내게 임하는 11시. 나는 평생의 소원처럼 눈물을 흘려 대다가 뚝 멈췄다. 휴대폰이라도 된 기분이었다. 방전된 상태로 충전기에 꽂혀 있다가, 정확히 5퍼센트가 채워지자마자 알아서 켜지는 거. 이제는 5퍼센트짜리 배터리로 생각해 볼 때였다. 옷소매로 눈가를 훔치자마자 정신이 확 돌아왔다. 도대체 내가 뭘 한 거지.

통화 시간이 10분을 넘기고 있었다. 그동안 울고만 있었다는 소리다. 음량을 최소로 줄인 채 휴대폰을 엎어 놨다 해도 이상하지 않았다. 저 너머에 사람이 있는지부터 확인해 봐야 했다. 제발 없기를.

"사장님."

"어어."

짧은 기도가 무색하게도 바로 대답이 돌아왔다. 앞선 어절은 조금 작은 크기로, 뒤의 어절은 훨씬 커진 크기로. 스피커폰으로 바꿔서 근처에 뒀다가 내가 사람의 말을 하자마자 주워 든 모양이었다. 도대체 무슨 생각을 하면서 듣고 있었을지. 목을 가다듬고 최대한 침착하게 말하려 애썼다.

"죄송합니다."

"죄송하긴 뭐가 죄송해. 잘 들었어."

"귀찮게 해서 죄송합니다. 잠시 뒤에 다시 연락드릴게요."

"할 얘기 있으면 지금 말해. 어차피 쪽팔려서 도망가는 거잖아."

"시간도 많이 빼앗았고 귀찮으실 텐데."

"아니야. 폰 던져두고 다른 거 하고 있었어. 시간 많아."

"죄송합니다."

그런 말이 몇 차례 더 오가니 정운채가 짜증을 냈다.

"한 번만 더 죄송하다고 하면 끊는다. 귀찮게도 금지야."

그러자 단어들이 금방 머릿속에서 사라졌다. 컴퓨터 명령어 같았다. 정운채는 내가 조용해지자마자 이어 말했다.

"설명해 봐."

↗

한바탕 운 다음이라 그런지 설명 자체는 건조했다. 아버지가 돈을 빌려 달라고 했는데, 1,000만 원이라는 금액이 크진 않아도 내 상황에서는 충분히 부담스러운 수준이고, 여러 가지로 스트레스가 많았다고. 그래서 돈을 더 빌려 달라는 이야기를 꺼내려다가 감정에 압도되고 말았다고. 정운채는 한참을 낄낄거리더니 자기 집으로 오라고 했다. 나는 냉큼 신발을 신었다. 예전에도 몇 번 가서 논 적이 있었다.

그때나 지금이나 집주인은 남자고 나는 여자라는 사실은 중요하지 않았다. 정운채가 나를 건드릴 가능성은 애당초 없었다. 나는 독특한 구경거리였지만 그 독특함으로 인해 누군가의 안주머니에 들어가진 못할 존재였다. 자기 본위로만 사는 남자가 돌아 있는 여자애를 책임질 상황을 만들겠느냔 말이다. 위험과 매혹이 서로 맞닿아 있을지라도 어떤 위험은 너절

하기만 하다. 구경거리 겸 장난감으로 남겨두는 게 정운채에게는 훨씬 이득이었고, 나도 그런 취급에 큰 불만이 없었다. 누리지도 상상하지도 못한 것들을 보여줬다는 점에서는 고맙기까지 했다.

내게 정운채는 순수하게 좋아하진 못할 사람이었고, 은인이었고, 껄끄러운 피난처였고, 낯설도록 밝은 세계를 들여다보는 쪽문이었다. 한 시간 반이면 열어젖힐 수 있는 쪽문. 지하철 1호선을 타고 올라가 노량진역에서 9호선으로 환승하고, 십 분쯤을 더 간다. 지하철에서 내린 다음 1번 출구로 나와 조금 걸으면, 짠.

여기에 발을 들이면 내가 알던 세상이 땟자국을 벗어던진 느낌이 들었다. 이곳의 도로에는 껌 자국과 갈라짐이 없다. 잘못 짜 맞춰서 어긋난 블록이 없다. 말라 죽은 조경수가 없다. 물때로 얼룩덜룩한 벽담장이 없다. 세월 묻은 적갈색 벽돌이 없다. 골목길이 없고 골목길에 차를 댄 사람이 없다. 언제부터 전봇대에 묶여 있었는지 모를, 녹슬고 안장 없는 자전거들이 없다. 아파트 앞의 도로조차 사차선로라 탁 트인 느낌을 주고, 모든 건물과 간판이 각자의 자리에 정확히 나뉘어 배열된 곳. 그 질서가 다시 통일성을 이루는 곳.

밑동은 짙은 잿빛이고 사 층부터는 옅은 잿빛인 아파트 건물들이 짧은 지하차도를 사이에 두고 두 패로 나뉘어 있었다.

내가 갈 곳은 왼쪽이었다. 정문 역할을 하는 구조물 아래를 지나치면서 나는 처음으로 구한 자취방을, 성북구의 원룸 골목을 떠올렸다. 여기에서 지하철로 사십 분을 더 가야 하는 위치였고, 내 집과는 거의 한 시간 반 거리였다. 그런데도 내가 느끼기에는 성북구가 집에 더 가까운 듯했다.

상가 건물 옆에 처마를 덮은 구옥이 서 있고, 그 다음에는 신축 빌라가 나오는 거리를 걷다 보면 언제라도 수원의 끄트머리와 서울의 끄트머리를 오갈 수 있을 것만 같았다. 여긴 아니었다. 나는 뒤를 흘깃 돌아보았고, 이 깨끗하고 곧은 길들이 어떤 식으로든 다른 곳과 이어져 있다는 사실에 새삼스레 놀랐다. 그리고 다시 자학했다. 반년 전에 돈을 날리지만 않았더라면 이 근처에는 와 있었을 텐데. 혹은 그때 선물 계좌에 돈을 넣었더라면 조금이나마 가까워졌을 텐데.

현관에 발을 들일 때까지도 나는 자학하고 있었다.

"안녕하세요."

인사하면서 마스크를 벗었다. 문을 붙잡고 있던 정운채가 내 얼굴을 보고는 혀를 찼다. 검은 티셔츠에 반바지 차림이었다.

"돈 다 날렸을 땐 누구 붙잡고 울었냐?"

"울긴 뭘 울어요. 안 그랬어요."

"천 가지고 질질 짜는 놈이 3억 날렸을 때는 멀쩡했다 이

거지."

"3억이 아니라 4억 8천인데요."

"자랑이다, 새끼야."

정운채는 부동산의 중요성을 주절거리면서 거실로 향했다. 서울 부동산이 불패임은 조선시대부터 증명된 역사적 사실인데, 부동산의 이점은 수익률뿐만이 아니라는 거였다. 2년 이내에 팔아치우면 양도세가 가산되고, 돌아다닐 일도 많고, 서류에 사인도 잔뜩 해야 하고, 법무사 비용도 나가는 등 여러 가지로 귀찮으니까 웬만하면 팔지 않게 된다고 했다. 요컨대 아파트는 이율이 높고 해지가 아주 어려운 초장기 예금이므로 돈을 묶어 두려면 아무거나 하나쯤 사야 한다는 게 정운채의 주장이었다.

말이야 옳았지만 어쩐지 놀리는 것 같았다. 충고를 할 거라면 반년 전에 했어야지. 나는 정운채의 목소리를 한 귀로 흘리면서 주위를 둘러보았다. 마지막으로 왔을 때에 비해 크게 바뀐 건 없었다. 거실은 여느 한국 집이 그렇듯 소파와 TV가 좌식 테이블을 사이에 두고 서로 마주 보는 식이었다. TV 양옆으로 유치원생 키 높이쯤은 될 스피커가 두 개 서 있었고 아래의 선반에는 미니어처 양주병 여럿과 디퓨저가 놓여 있었다. 그 뒤편의 아트월은 광택 없이 어두운 잿빛이라서 절제된 느낌을 줬다. 옅은 물결무늬가 끼어 있는 인조 대리석 바닥까지.

"그래서 이게 아무거나예요?"

"이건 고급이지."

정운채가 검지로 거실 바닥을 가리켰다. TV를 등진 쪽이었다. 나는 헛짖음이 많긴 해도 잘 훈련된 개처럼 가서 앉았고, 정운채가 자기 방에 들렀다가 거실로 돌아와 소파에 앉을 때까지 기다렸다. 우리 사이에 유백색 테이블이 있었다.

"어쨌든, 다시 선물 할 거야?"

정운채는 아버지와의 일에 대해서는 위로도, 공감도, 동정도 하지 않았다. 그냥 돈 이야기로 본론을 열었다. 그게 나한테도 편했다. 나는 조금 생각하다가 입을 열었다.

"그래야 할 것 같긴 한데요."

"하면 하는 거고 아니면 아닌 거지 같은 게 어딨어. 딱 말해. 총알 받으러 온 거잖아."

선물을 하려고, 돈을 빌리려고 온 건 맞았지만 결승점 한 발짝 앞에서 주춤하게 됐다. 반년 전의 매매 기록이 계속 마음에 얹혀서였을 것이다.

"사실 잘할 수 있을지 모르겠어서……."

"여기까지 와서 이 소리네. 안 하면 어쩔래? 공장 들어갈 거야?"

"그럴 수도 있고요."

"진짜?"

"근데 도전을 아예 안 할 수는 없으니까요."

"어쨌든 한다는 거잖아. ETN은 정리했어?"

"아직요."

"계좌 한번 보자. 줘 봐."

주머니에서 휴대폰을 꺼내 MTS 앱을 열었다. 공인인증서 비밀번호를 입력하고 주식 잔고 화면으로 들어가자 〈○○ 인버스 2X WTI원유 선물 ETN〉이 아침과 똑같은 가격으로, 똑같은 수익률로 나를 맞이했다. 빨간 숫자가 별로 반갑지 않았다. 드는 생각이라고는 기껏해야, 한국에서는 파란 게 손실이고 빨간 게 수익이지만 해외의 색 구분은 그 반대라는 것뿐이었다. 착잡한 마음으로 화면을 내려다보고 있자니 정운채가 손짓했다. 나는 잠자코 휴대폰을 넘긴 다음 고개를 수그리고만 있었다.

짧은 침묵.

"이거 비밀번호 뭐야?"

"3451요."

잠시 뒤에 휴대폰이 돌아왔다. 매도 주문이 체결돼서 새하얗게 빈 계좌 잔고를 보자 마음도 함께 깨끗해지는 기분이 들었다. 나는 행글라이더를 가지고 절벽에 서서, 등을 떠밀어 줄 누군가를 기다리고 있었던 것이다. 멀리멀리 날아가고 싶은데 행글라이더가 잘 펼쳐질지는 미지수고, 스스로 뛰어내리기에는 겁이 많아서. 그래서. 나는 그게 탓할 사람을 기다리는 비겁함임을 알았지만 지금은 대신 결단을 내려 준 데에 감사하기로 했다.

"야, 됐지? 이제 하는 거다?"

"돈요, 진짜 빌려주실 거예요?"

"아니면 왜 불렀겠냐."

"제가 저번처럼 다 잃으면 어쩌시게요. 아예 못 갚을 수도 있어요."

"그러면 내가 투자를 잘못한 거지. 어차피 오일로 꽤 먹어서 손해 볼 것도 없어."

머뭇거릴 필요가 없다는 계산이 섰다. 여기에서 끊을지, 아니면 더 가져갈지는 정운채의 판단이고 책임이니까 투자 대상이 된 입장에서 가타부타 따질 일은 아니었다.

"얼마까지 주실 거예요?"

"눈빛 살벌하게 바뀌는 거 봐라. 넌 안 되는 애라니까. 넌 멀쩡한 척을 하면 안 돼."

정운채는 반쯤은 어처구니가 없다는 듯이, 반쯤은 코미디를 보듯이 낄낄댔다.

"알아요."

"알았으면 앞으로도 하지 말고, 아무튼. 8천을 더 줄 거야. 그럼 1억이지."

"예."

"그런데 오늘 당장은 아니야. 내가 보기엔 지금 매매할 상태가 아니거든. 돈 들고 갔다가 삐끗해서 분노매매하고 다 날리는 게 보인다고. 너도 자기객관화가 안 되는 애는 아니니까 무슨 소린진 알 거라고 믿는다."

나는 순순히 고개를 끄덕였다. 감정에 압도돼서, 잃은 돈을 빠르게 복구해야 한다는 강박 속에서 HTS를 붙잡고 매수 매도 버튼을 누르다가 모두 날려 버리는 게 분노매매의 패턴이었다. 작년 가을을 거쳐 오면서 뼈에 새겨진 감각이었고, 내 결정을 방해한 기억 중 하나이기도 했다. 그리고 지금은…… 지금이야말로 평정심을 유지할 자신이 없었다. 아침에는 아버지와 그 난리를 쳤고 남은 고민도 태산인데, 조급증이 없다면 그것이야말로 이상한 일이었다.

"오늘이 며칠이냐. 9일이네. 어차피 ETN은 11일에나 돈 들어오잖아. 주식은 내일모레 정산이니까. 그때까지는 쉬고 있다가, 예수금 생기면 그걸로 연습하고 있어라. 주말에 돈 넣어 줄 테니 다음 주부터 본격적으로 시작하고."

하지만 다음 주는 너무 늦었다. 11일부터 본격적인 매매에 들어간다 쳐도 이틀이 아까운 판이었다. 나는 손등으로 이마를 쓱 문질렀다.

"그래도 어차피 더 떨어질 텐데요. 아무거나 매도 잡은 다음

프로그램 지우고 기다리기만 하면 돈이 복사될 건데."

"그걸 어떻게 확신해. 네 뷰가 그런 거고 그렇게 믿고 싶은 거잖아. 큰 틀에서는 옳을 수도 있겠는데…… 중간에 견딜 수 있어? 위험률 50퍼센트 찍고 추가증거금 독촉 들어와도 아, 이건 와리가리니까 견뎌 봐야겠다 이럴 수 있느냔 소리야. 손해 보고 일찍 털었다가 나중 가서 수익권으로 돌아간 거 보면 눈 뒤집어지고, 눈 뒤집어지면 또 뒤늦게 계약 체결하고, 똑같은 방식으로 털리고. 너 이거 충분히 알잖아? 알아서 무서워하는 거 아니야?"

반박할 말이 없었다. 아무리 길고 심한 폭락장일지라도 사이사이엔 반등이 섞이기 마련이었다. 기술적 반등이든, 정부 대책 때문이든 간에. 보통 하루 이틀이면 대책도 약효가 다해서 시세가 줄줄 흐른다지만 선물처럼 레버리지가 높은 시장에서는 그 '하루이틀'이 치명적이었다. 여긴 계약을 정리하지 않고 잠든 죄로 원금을 모두 날리고 빚까지 생길 수 있는 곳이니까.

그런 리스크를 지지 않으려면 위에서부터 잡고 길게 내려왔어야 했는데 나는 이미 늦었다. 유가가 하루 만에 30퍼센트가 주저앉고 다우와 나스닥 선물도 함께 폭락한 시점에서 쉬운 구간은 이미 지나온 것이다. 이제부터는 급등과 급락이 반복되는 장세가 펼쳐질 거였다. 큰 추세가 하락일지라도 그 변동성은 무시할 만한 게 아니었다. 앞으로 두 발짝, 뒤로 다섯 발짝, 앞으로 여섯 발짝, 뒤로 한 발짝, 뒤로 두 발짝.

정치 이슈와 단기적인 지표에 따라 모든 게 획획 바뀌는 환경에서 정신을 다잡는 건 횡보장의 차트를 읽거나 거시적인 흐름을 파악하는 것보다 훨씬 어려운 일이었고, 나처럼 목표에 쫓기는 상황이라면 말할 것도 없었다. 계약 수를 줄여서 레버리지를 관리하는 것도 마음이 맑아야 가능한 일이었다. 나도 알았다…….

"내가 너한테 뭘 가르치고 있냐, 지금. 이거 별로 재미없는 거 알지."

"죄송합니다."

"네 인생을 가지고 나한테 미안해할 필요는 없고. 그래도 좀 잘해 보라는 거야. 계속 이러면 널 여기 둘 이유가 없어."

한심스럽다는 표정을 보자 심장이 철렁 내려앉았다. 정 사장은, 망가진 드라마의 수집가는 벌써부터 자신의 투자가 실패할 것임을 직감하고 있는지도 몰랐다. 손바닥에 와 닿는 인조 대리석의 감각이 낯설기만 했다. 내가 여기 있어서는 안 될 것 같지만, 여기에 머물러야 한다는 절실함. 언제라도 이 깨끗하고 밝은 세상으로부터 쫓겨나서 갈라진 도로와 말라 죽은 조경수들의 틈새에 갇힐 수 있다는 불안감. 정말로 있었던 일인지는 모르겠지만 엄마가 날 붙잡고 우는 느낌이 들었고,

아버지의 고함이 귓가에서 쿵쿵 울렸고, 머리가 핑글핑글 돌면서 등줄기에 식은땀이 차올랐다. 어쩔 수 없는 진실로 모욕당하는 것만 같았다. 진짜 이 상태로 매매를 해서는 안 된다.

"수작 부리려고 하는 소리 아니니까, 오늘 자고 가라."

"예?"

"재워 줄 테니까 정신 차리고 가라고. 바로 집으로 가면 사고 칠 거 같아서 그래."

정운채는 자기 휴대폰을 확인하더니 또 물었다.

"밥은 먹었냐?"

"아뇨."

"뭐 먹을래."

"출근 안 하세요?"

"이게 사무실 나가서 커피 타고 엑셀 만지는 일인 줄 아나. 대답이나 해."

"생각 안 나요."

"그럼 앉아서 생각 좀 해 봐라."

정운채는 휙 일어나서 자기 방으로 돌아갔다. 나는 덩그러니 남아서 계좌 잔고를 바라보다가 엄마에게 카톡을 보냈다. 하루나 이틀쯤 친구네 집에서 자고 갈 텐데, 어차피 비대면이니까 강의는 어디에서 들어도 상관이 없으리라고. 이 상황에서까지 능숙한 변명을 읊고 대학생 행세를 하고 있는 게 우스워서 작게 웃었다.

그러자 번데기의 껍질이 열리듯 무언가가 탁 트이면서 상쾌한 레몬 냄새와 솔향이 함께 느껴졌다. 디퓨저 향기일 것이다. 일어나 거실 창가에 바짝 붙어 섰다. 반원형으로 꾸며진 소공원이 있었고, 그 뒤편으로는 울창한 나무들과 아파트 건물들이 번갈아 늘어선 채로 하나의 소실점을 향해 행군해 갔다. 저 왼편 멀리에는 산줄기가 웅크린 개의 등허리처럼 올라가다가 주둥이 부분에서 꺾이고, 오른편의 한강에는 한낮의 빛이 무수한 가루로 부서져 얹혔다. 무심코 한 걸음을 내디디려다가 벽에 가로막혔다. 유리에 내 얼굴이 투명하게 비쳐 보였다. 그게 닦여 지워지기라도 할 것처럼 손을 휘적여 보았지만 아무 일도 일어나지 않았다. 그래서 나는 비로소 나를, 내 앞날을 생각하기 시작했다.

여전히 정운채의 악덕을 갖고 싶진 않았지만 그 삶은 동경했다. 항상 여유롭고, 입가에 웃음을 잃지 않고, 땀과 눈물에 절어 뒤엉킨 사람들을 스치듯 밟아 올라가서 깨끗함에 이르는 삶. 모든 종류의 찬란이 이런 식으로 완성되었다고 말하고 싶지는 않다. 누군가는 개천에서 용이 났다는 말이 비유가 아니라 사실이기라도 한 것처럼 정결한 허공을 치솟아 오르니까. 하지만 어떤 찬란은 남의 등 위에 놓여 있다. 내게 주어진 기회도, 그 기회가 향하는 곳도.

이제 사람의 됨됨이란 별로 중요하지 않았다. 윤리도, 신뢰도, 다른 모든 미덕도. 그건 카지노의 각 구획 같은 것이라서, 블랙잭 테이블에서는 히트와 스테이를 외치고 다이사이 테이블에서는 주사위를 굴리면서 승자와 패자를 나눈다. 요컨대 인의의 규칙에서 패배한 사람은 권력이나 영성이나 현학의 테이블로 가서 다른 승부를 찾기 마련이고 그런 시도는 의외의 성공을 거두기도 하는데 핵심은 결국 이것이다. 그러한 게임 각각은 욕망을 다루기 위한 규약이며 오직 욕망만이 모든 게임에 통용되는 재화이자 소출이다. 한편 그것은 그 자체로 단을 쌓듯이 올라가는 하나의 게임이므로 게임의 주재자들은 영원한 몰락자들을 위에서 구경하며 비웃곤 한다. 유일한 위안은 욕망의 탑에는 끝이 없으며 그 주재자들 또한 어느 단의 일부인지라 언젠가는 패퇴를 맛보게 된다는 점이다. 그 가능성만으로 충분하다. 나는 정운채를 굽어보는 누군가가 있으리라고 믿었고, 그 누군가에게 나의 모멸감을 맡기기로 했고, 내 위치를 욕망의 노골적인 단층들 사이로 옮겼다. 가끔은 어리석은 자리로 직접 걸어 들어가는 것이야말로 가장 현명한 선택이 된다.

나는 그렇게 믿어야만 했다.

2부

어떤 찬란

6

묵상을 마친 후에도 한동안 거실에 우두커니 서 있었다. 그러다가 어느 순간 목이 바짝바짝 마르는 감각이 얼음을 쪼개는 곡괭이처럼 뇌리에 내리꽂혔다. 해가 슬슬 기울어질 무렵이었다. 생각해 보니 온종일 아무것도 먹지 않았다. 물을 한 잔 따라 마신 다음 정운채의 방으로 향했다.

"정했냐."

"배고파요."

"그러니까 정했냐고."

"맛있는 거요."

나는 또 엉뚱한 소리를 했다.

"이 새끼가 완전히 맛이 갔네."

정운채는 그렇게 핀잔을 주긴 했지만 기분이 꽤 좋아 보였다. 상황 자체가 웃기다고 생각하는 모양이었다. 반바지에 티셔츠 차림 그대로, 바람막이만 걸치고 집을 나서는 정운채. 그 뒤를 따라가는 나. 엘리베이터를 타고 지하주차장까지 내려가서 자동차에 몸을 실었다. 검은색 구형 그랜저였다.

"안전띠 매."

멍하니 앉아 있다 보니 옆에서 지적이 날아들었다. 나는 느릿느릿한 움직임으로 안전띠를 찾아 끼우고는 입을 열었다.

"차 바꾸셨네요."

"원래 있던 거야. 비즈니스용으로 타고 다니는 거."

정운채는 자신도 별 생각이 없기는 마찬가지니까 돌아다녀보자고 했다. 코로나19로 회사들이 재택근무를 검토하고 있다, 비대면 시대가 열린다 난리였지만 월요일 저녁에는 역시 교통체증이 심했다. 자동차가 느리게 미끄러지는 동안 시장 동향과, 알 사람만 아는 농담과, 지구 반대편의 가십이 화두에 올랐다가 금방 사라졌다. 어느 순간 정운채가 창밖을 힐끔 보고 짧게 중얼거렸다.

"어릴 때 저기 살았는데."

나는 바로 옆의 상가를 보았다가 이 방향이 아님을 깨닫고 반대편으로 시선을 옮겼다. 정운채의 옆모습 너머로 아주 오래된 대단지 아파트들이 끝없이, 끝없이, 끝없이 이어지고 있었다. 성냥갑을 세워 둔 것처럼 일렬이고 단조롭지만 이상한 조화가 느껴지는 곳이었다. 위에는 고속터미널이, 아래에는 현대아파트가 적힌 청록색 도로표지판이 전면 창에 나타났다가 내 머리 위를 지났다.

날이 완전히 어두워질 때까지도 이렇다 할 의견은 없었다. 정운채는 그냥 집으로 돌아와 피자를 시켰고, 나는 세 조각을 먹었다. 잠은 거실 소파에서 잤는데 넓고 푹신해서 불편할 건 없었다.

원래는 하루만 자고 갈 생각이었지만 다음날에도, 모레 아침까지도 나는 정운채의 집에 남아 있었다. 묘한 평온과 조급증에 사로잡힌 채였다. 거실 TV로 스릴러 영화를 보다가도 수시로 휴대폰을 꺼내 선물 호가창을 확인했다. 계좌에 돈이 충분히 있어서, 언제라도 매도 타점을 잡고 들어갈 수 있을 것처럼. 그러다 보면 정운채는 짜증스러운 듯 휴대폰을 집어넣으라 말했고 나는 그 말을 들었다. 돈을 좀 일찍 달라는 이야기는 꺼내지도 못했다.

그러면서도 딱히 억울하지 않았던 건, 11일이 되도록 나스닥에 별일이 없었기 때문이었다. 나스닥. 미국의 기술주들을 묶은 주가지수. 트럼프가 미국 대통령직을 맡은 후로 50퍼센트나 상승한 그것.

돈이 들어오기를 기다리는 동안 수익이 날 만한 종목을 고민해 봤다. 크루드오일은 하루에도 10퍼센트씩 급락과 급등을 반복하고 있었으므로 완전히 논외였다. 지금 들어가기에는 너무 위험한 종목이 된 것이다. 반면 나스닥은 위아래의 진폭이 커졌을 뿐이지 120분봉의 형태로는 박스권을 유지하고 있었다. 9일에는 오일 폭락과 더불어 급락세가 나왔지만 10일에는 8,200포인트까지 말아 올렸고, 11일 새벽에도 비슷한 일이 일어났다. 하단선을 깨고 내려갈 듯하면 트럼프가 한마디씩을 구명 밧줄처럼 던져 주었던 것이다.

트럼프가 좋은 대통령인지 아닌지는 모른다. 정치에 대해서도 할 말이 없다. 나는 미국에 살지 않고 MAGA♦ 모자를 쓴 백인 옆에 앉는 게 어떤 일인지도 모르니까. 하지만 트럼프의 말과 행동이 시장을 어떻게 끌어올리는지는 잘 알았다. 거구의 노인은 미국을 다시 위대하게 만들겠다며 호언장담했고 채점 기준은 숫자들뿐인 것처럼 굴었다. 금리는 낮춰야 했고, 주가는 높여야 했으며, 달러 가치는 더 내려가야만 했다. 낮은 달러 가치는 더 많은 수출과 경상수지의 균형을 의미하기 때문이다.

♦　　Make America Great Again. 대선 당시 트럼프의 캐치 프레이즈.

그 목표를 위해 트럼프는 항상 떠들어 댔고 연준(미국의 중앙은행)에 압력을 넣었다. 그리고 시장의 참여자들을 파블로프의 개처럼 조련했다. 트럼프는 금리를 내리거나 양적 완화를 확대할 때마다 트위터에 의미심장한 문구를 남겼기 때문에 어느 순간부터 그의 트윗은 그 자체로 신호가 됐다. 'Make America Great Again'을 외치는 것만으로도 나스닥에서 100포인트 상당의 움직임을 만드는 존재가 바로 트럼프였다. 미국 대통령이 아니라 광대에 불과하다며, 시장으로 저글링을 하고 있다며 비난하는 축도 있었다. 광대에게는 쇼맨십이 필수적이다. 트럼프에게는 분명히 쇼맨십이 있었다.

나는 차트를 다시금 확인했고 나스닥을 8,000 언저리에 붙들어 놓는 힘에 감탄했다. 그리고 또 다른 광대 무리에 대해서도 생각해 보았다. 주식판의 테마주 단타꾼들은 대권주자와 같은 초등학교를 나왔다는 이유만으로 아무 관련도 없는 회사를 정치 테마주로 만들어 주었고 상한가를 친 종목과 이름이 비슷하기만 하면 관련주로 묶었다. 트럼프의 힘이 개인적이고 견고한 쇼맨십에서 온다면 이들은 정반대였다. 각각에게는 이름이 없었지만 그 총합은 순회공연을 하듯 온 시장을 뛰어다니며 갖가지 종목에 망상을 불어넣었고, 거래량과 함께 나타나서 거래량과 함께 사라졌다.

이제 공연 행렬은 원유 레버리지 ETN을 지나고 있었다. 2X

인버스 ETN과는 거울쌍 역할을 하는 종목으로, 2X 인버스가 60퍼센트 상승할 때 레버리지는 60퍼센트 하락했다. 이목이 쏠릴 만한 변동성이었다. 반등을 노린 매수세가 몰려들었고 가격이 출렁거렸다. 문제는 그 과정에서 적정 가격대를 벗어나도 한참은 벗어나고 말았다는 거였다. 유가는 여전히 30선에 머물러 있는데 레버리지 ETN만 혼자 반등했으니 정가가 정해진 물건을 웃돈을 주고 사는 격이었다. 환상이 꺼지는 순간 ETN 시세는 처참하게 폭락할 거였다.

개인 투자자들에게는 자신의 생각을 현실에 옮겨 놓을 힘이 있을지라도 유지시키는 동력은 부족했다. 그러니까 이건 합리와 망상의 문제라기보다는 힘과 지속성의 문제인 듯했다. 미국 대통령처럼 기자들을 불러 놓고 떠들 수도 없고, 연준에 압력을 넣을 수도 없고, 전략비축유 매입을 발표할 수도 없으니까. 그러니까. 대부분의 사람에게 별다른 힘이 없다는 점은, 모여도 마찬가지라는 점은 그 개인에게는 불행이지만 전체로 보면 좋은 일인 것 같았다.

이 지구에 사는 75억 명이 모두 트럼프처럼 구는 세상은 상상하기 어려웠고 나는 비루한 처지에 그런대로 만족했다. 정운채의 집에 있는 동안에는 확실히 그랬다. 가끔은 나스닥의 움직임을, 내 앞날을, 아버지의 사업을 떠올리면서 불안에 사로잡히기도 했지만 휴대폰을 내려놓고 창문 앞에 서면 심장

소리가 금방 가라앉았다. 여기엔 정연하고 깨끗한 풍경이 있었다. 고함이 아니라 영화감상용 스피커가 있었다. 블로그 알림을 확인할 마음조차 들지 않았다. 사람이 평소에는 숨을 의식하지 않다가 물에 빠져 죽을 지경이 되어서야 겨우 공기를 그리워하는 것처럼, 돈 생각을 하지 않으려면 돈 속에 머물러야만 했다.

하지만 좋은 나날도 끝나가고 있었다. 11일 아침 9시가 되자 주식 시장이 열렸고 ETN 매도금도 정산됐다. 5,800만 원. 미니 나스닥 5계약을 채울 수 있는 돈. '5계약이나'와 '5계약밖에'가 마음속에서 교차하는 순간 나는 떠나야 할 때임을 느꼈다.

/\

돌아가는 길은 올라온 길의 역순이었다. 9호선을 타고 내려가다가 노량진역에서 1호선으로 환승한 다음, 의왕에 가까운 수원의 끄트머리에서 내렸다. 역사는 급경사를 따라 올라가듯이 세워져서, 땅을 파내지 않더라도 자연스레 한쪽 끝에 지하주차장과 통로가 마련되는 구조였다. 지하 통로로 내려가는 엘리베이터를 타려다가 눈앞에서 문이 닫히는 것을 보고 걸음을 돌렸다.

한 해 전에 새로 지어진 역사는 아직 새 건물 특유의 광택을 유지하고 있었다. 복도 바닥에는 사람들의 실루엣이 거울처럼 비쳐서 두 종류의 그림자가 있는 것처럼 느껴지기도 했다. 밝은 것과 어두운 것. 새로운 것과 낡은 것. 찬란하게 빛나는 것과 어둠 속에 흐려지는 것. 고개를 들어 창밖을 보자 15년 전에 세워진 주상복합 빌딩이 낯선 느낌으로 다가왔다. 역사 맞은편의 낡은 건물은 이 동네의 불운한 상징이자 이정표였다. 지하철에서 내리건, 서울에서 차를 타고 내려오건, 지방에서 올라오건 간에 이 동네에 들어서는 사람들은 그 빌딩을 가장 먼저 마주치게 됐다. 그러고는 쓱 지나쳤다.

위치는 중요하다. 위치는 때로 운명을 결정한다. 건설사는 건설 현장에서 온천을 발견했고, 건축주는 온천 운영권을 누군가에게 팔아넘긴 다음 다른 층의 권리만을 가졌다. 그랬다고 했다. 그런데 수원 변두리의, 삼만 명이 사는 동네에 십팔 층 규모의 주상복합은 너무 과했으므로 건물은 온천과 피트니스센터가 있는 층을 제외하면 제 기능을 하지 못했다. 가게들이 한 차례 들어왔다가 도망치듯 빠져나갔고 동네 주민은 일층부터 칠 층까지를 온천을 떠받치는 기둥으로만 여겼다. 그러다가도 근처를 지나다닐 때면 저 안의 텅 빈 공간들이 보이지 않아도 의식됐는데, 묘지에 헌화를 바치듯 공실에도 가십이 쌓였다. 공사에 들어간 돈이 수백억 원대라고. 관련자 몇몇

이 행방불명이고 건설사도 상황이 안 좋다고.

그게 진실인지 뜬소문인지는 모르겠다. 내가 아는 건 그 비슷한 이야기들이 동네 곳곳에 더께 끼어 있다는 사실뿐이다. 반년 주기로 업종이 바뀌는 상가 일 층. 언젠가부터 유리창에 테이프로 엑스 자를 그려 놓은 공실들. 남들은 알지 못할 이유로 자신의 가게를 방망이로 깨부수던 고깃집 사장. 승리하지 못한 사람은 사라지고, 죽고, 잊힌다. 애도조차 아닌 목소리만이 오래된 블록의 물자국처럼 남는다.

역사 정문으로 나왔다. 하도 높은 지대에 건물이 세워진 탓에 오른쪽으로 가거나 왼쪽으로 가거나 급경사였다. 비탈을 따라 내려오면서 나는 한국에 산이 너무 많은 게 문제의 원인이 아닐까 생각해 보았다. 이런 땅에선 올라가기는 어렵고 굴러떨어지기는 쉬워서 다들 절박해지는 게 아닌가 하고. 강남에 평지가 많은 데에는, 부자들이 강남에 모인 데에는 도시계획 이상의 이유가 있다고 본다. 평안은 내면의 미덕이라기보다는 위치에서 오는 것이며 패배보다 더 많은 돈으로만 살 수 있는 것이다.

잠깐 멈춰서 내가 온 곳과 갈 곳을 번갈아 살폈다. 신축 역사와 십팔 층짜리 주상복합이 지하차도를 사이에 둔 채 서로 마주 보았고, 저 멀리에는 스무 해 된 아파트 단지가 일렬로 늘어서 있었다.

집은 평소와 똑같았다. 아버지는 아버지 방에, 엄마는 엄마 방에 있었고 나도 내 방에 있었다. 아버지가 나한테 정이 떨어졌는지 내심 미안해하는진 모르겠다. 엄마는 뭔가 이상한 기류를 느꼈을 테지만 내게 굳이 말을 걸진 않았다. 그건 우리가 서로를 존중하는 방식이었고, 내가 아버지에게 1,000만 원이 어떻게 되었는지 묻지 않는 것과 똑같은 일이었다. 문제를 알고 나누기 전까지는 외면할 수 있다.

그래서 엄마에게는 아직 말하고 싶지 않았다. 뭐든 간에 부담만 될 테니까. 하지만 누군가에게는 말하고 싶었으므로 고민 끝에 김민우에게 메시지를 보냈다. 12일 저녁, 정운채에게서 8,000만 원을 받기까지는 이틀이 남은 시점이었다.

[Oikonomia: 있음? @Tzedakah]

[Oikonomia: 나 얘기 좀]

그런 다음 음성 대화 채널에 들어가 기다렸다. 이삼 분이 지나 Tzedakah도 채널에 들어왔다. 당장 삼십 분 뒤에 게임 약속이 잡혀 있어서 오래는 이야기하지 못할 거라고 했다. 인사를 하자마자 대뜸 그 이야기를 들으니 김민우를 간편한 고해성사실처럼 쓰려던 속내가 들킨 기분이었다. 조금은 부끄럽고 조금은 미안했다.

"저번에 그 사장한테 돈을 빌렸다는 거지."

"지금은 20퍼센트만 받은 상태야. 나머지는 주말에 들어올 예정이고."

어쨌거나 시간제한 덕분인지 지난번보다는 솔직해질 수 있었다. 아버지와의 난리에서부터 정운채와 만난 일까지를 망설이지도 않고 털어놓았다. 김민우는 1억 원이라는 금액에 경악했고, 나를 중간에 끼워서 돈세탁을 하려는 게 아니냐고 의심하다가, 남은 설명을 잠자코 들었다. 이야기가 끝나자 스피커 너머에서 둔한 공기 소리가 두 차례 울렸다. 김민우가 믿을 수 없다는 듯 고개를 내젓는 모습이 마음속에 그려졌다. 나는 박스를 닫고 위에 테이프까지 붙이듯 한마디를 더했다.

"그렇게 됐어."

그러고는 겸허한 마음으로 상식인의 질타를 기다렸다. 정운채 같은 사람에게 돈을 받았으니 수준이 똑같다거나, 돈이 아무리 급해도 그래선 안 된다거나 하는. 이젠 변명하거나 숨길 것도 없었다.

"나는 네가 돈을 빌린 것보다는…… 굳이 빌렸어야 했던 거야? 그걸 진짜 모르겠어."

하지만 김민우의 반응은 예상을 벗어났다. 예상을 벗어나다 못해 이해하기도 어려웠다. '빌린 것'과 '굳이' 사이에 무슨 차이가 있는 것 같긴 한데 방점의 요지가 무엇인지 긴가민가했다. 나는 핸들을 돌려 어긋난 방향을 다잡듯이 되물었다.

"왜, 정운채가 금융사범이라서?"

"그거 가지고 따질 생각은 없어. 어차피 너도 잘못된 건 알고 빌린 거 아니냐. 알고 있으면 내가 다시 말해 봤자 아무 소용도 없는 거고."

"그래서 무슨 소리를 하고 싶은 건데."

이상하게 어조에 가시가 돋아 나와서, 나는 말을 마치자마자 후회했다.

"들고 있는 돈이 7,500이라고 했잖아. 나스닥인가 뭔가 또 해가지고."

"그렇지."

지금 내 계좌에는 마이크로 매도 28계약이 들어가 있었다. 평균 단가는 7,852포인트. 현 시세는 7,600포인트 인근. 틱 가치를 따져서 계산하면 계약당 60만 원이, 도합 1,700만 원가량이 하루 만에 불어난 상태였다.

"거기서 빌린 돈 2,000만 원을 빼면 5,500만 원인데…… 사실 충분히 많다고 생각하거든. 넌 나랑 기준이 좀 다를진 몰라도 과장급 연봉은 된단 말이야."

하지만 김민우와 내 기준은 확실히 달랐다. 나는 부언했다.

"많은 돈이긴 하지. 그런데 5천으로는 뭐 안 되는 거 알잖아. 그냥 하던 거 하면서, 마음에 여유가 생기는 수준이지 상황 자체를 바꿀 액수는 아니라고. 고작해야 원룸 전세 보증금인데. 이 년은 놀고먹을 수 있다 해도, 사람이 이 년만 살고 끝낼 것도 아니고."

"난 여유가 엄청 중요하다고 생각하는데."

"그렇다고 치자. 아버지 사업 얘기 몇 번 했잖아. 내 여유는 5천으로는 안 생겨."

"아."

"그래서 빌린 거야. 더 많이 벌어야 해서. 원금이 많으면 계약 수 관리하기도 좋고, 같은 수익률로도 벌리는 돈이 다르니까⋯⋯."

"그래도."

"그래도?"

"넌 실력도 있으니까 그거 가지고 천천히 다시 불리면 되는 거잖아. 이 상황에서, 돈까지 빌려 가면서 위험한 선택을 할 이유가 있느냔 거야. 뭐라고 해야 할까, 시속 60킬로미터로 속도 준수하면서 가도 될 텐데 200킬로미터로 밟는 차를 보는 느낌이란 거지."

지금의 폭락장이 얼마나 큰 기회인지를 읊으려다가 말았다. 그것만으로는 설명이 충분치 않다는 걸 알아서였다. 핵심은 오히려, 내가 스스로를 믿지 못한다는 데에 있었다. 지금은 계좌가 늘어나고 있으니까 계약 수 관리를 들먹이면서 여유를 부리는 것이지, 만에 하나 손실이 난다 치면 곧바로 눈이 뒤집어질 게 뻔했다. 벌면 벌리는 대로 욕심에 끌려 갈 공산이 컸다. 그게 무서워서 ETN으로 버티다가 겨우 해외파생 계좌에 돈을 넣은 건데.

그러니까 천천히 다시 불린다는 선택지는 시간당 60킬로미터의 속도일 수가 없었다. 그 숫자를 결정하는 건 내 마음이 아니라 시장의 흐름이었고, 선물 시장의 속도는 어떤 식으로든 가혹했다. 지금처럼 변동성이 높을 때뿐만이 아니라 횡보장에서도 마찬가지였다. 속도를 준수하려면 아예 시장을 벗어나야만 했다. 지금 당장 일자리를 알아보는 것이다. 아니면 대학에 재입학해서, 아르바이트를 병행하면서 평범한 삶을 뒤늦게 쫓아갈 수도 있겠다.

하지만 그건 하나의 역경을 다른 역경으로 대체하는 선택처럼 느껴졌고…… 그 방법으로는 내가 결코 이 처지에서 벗어나지 못할 거라는 계산도 있었다. 시속 60킬로미터로 달리면 죽진 않겠지만 계속 낭떠러지를 등 뒤에 두어야만 했다. 매 순간 점점 가까워지고 있어서, 멈추면 그대로 떨어져 버릴 낭떠러지. 지긋지긋했다. 그 지긋지긋함이 머릿속의 스위치를 눌렀는지 작년에 잃은 4억 8,000만 원이 생생하게 느껴졌다. 정말로 왜 그랬지. 왜. 나는 낮은 목소리로 중얼대기 시작했다.

"내가 집이 가난한 편은 아니거든. 중산층은 아니어도 서민

층은 될 거야. 집도 아파트고 내가 아르바이트 해서 가계에 보
탤 필요도 없잖아. 그러면 가난한 건 아니지. 난 잘 살고 있는
편이고, 이거로 불평할 생각은 없어."

"그래?"

김민우는 무언가 더 말하려는 듯싶더니 멈췄다. 무슨 소리
를 하려던 걸까. 모르겠다.

"그런데 항상 이런 느낌이 들었어. 이게 대출 서류로 만든 도
미노 같은 거라서, 하나가 잘못되는 순간 갑자기 모든 게 와장
창 무너져 내릴 거라는 느낌. 그런데 나랑 엄마 발밑을 떠받치
고 있는 게 바로 그 도미노라는 느낌. 일단 집은 그런대로 굴
러가고 있지. 굴러가고 있는데 계속 그런다는 보장이 없어. 오
늘 별일이 없는 건 다행인데 내일은 또 어떻게 될지 모르고,
아버지 방 책장에는 이율이 20퍼센트가 넘는 대출 서류가 있
고…… 저녁마다 고함 소리가 들리고…… 내가 고등학생 때
부터 그랬는데…… 이게 육 년이 지나서 궤도가 잡힌 건지, 아
니면 안 되는 걸 엄마 돈으로 육 년 동안 붙잡아 놓은 건지 전
혀 알 수도 없고, 도대체 이게 언제 끝날지……."

나는 평생토록 쓰레기를 쌓아 두고 살다가 겨우 청소에 나
선 사람처럼 속을 게워 냈다. 그것도 게임 지인을 상대로. 이
래선 안 된다는 걸 알았지만 몸이 생각대로 되질 않았다. 정운
채한테 전화를 걸어서 엉엉 울었던 것과 똑같은 짓을 사흘 만

에 또 하고 있는 것이다. 정말로 미쳐 가는가 보다.

"근데 웃긴 게 뭔지 알아? 이 상태가 지속되는 것보다는, 그냥 한번 끝장나는 게 더 좋아 보인다는 거야. 합격 발표가 영원히 미뤄지는 것보다는 그냥 불합격 통보를 받는 게 훨씬 낫다고. 나는…… 나는 이제 지겨워. 더 기다릴 자신이 없어. 천천히 돈을 불려 나가는 것도, 취직을 하는 것도, 대학교로 돌아가는 것도 다 똑같아. 엄마 명의는 계속 아버지한테 있을 텐데. 나는 나대로, 어떤 이유로든지 불안할 테고 문제가 생길 텐데. 방금 전에 60킬로미터로 가도 된다고 했잖아. 아니야. 난 천천히 안전하게 갈 바에는 그냥 가드레일에 들이박고 죽어 버릴래. 미친 소리라는 건 아는데 제정신으로 살고 싶지도 않아. 스물세 살에 7,000만 원이면 큰돈이라는 건 아는데, 천천히 아등바등 사는 건 지겹단 말이야. 아니야. 꼭 죽을 마음은 없어. 말이 그렇다는 거야. 그래도 이왕이면 200킬로미터로 목적지까지 한달음에 가는 게 낫지. 저번엔 거의 성공할 뻔했어. 지금이 두 번째 기회야."

말을 마쳤을 때는 싸늘한 정적이 내려앉아 있었다. 확실히 실수다. 도대체 어떤 식으로 수습해야 할지 감이 잡히지 않아서, 이게 다 농담이라는 듯 큰 소리로 웃어도 보았는데 역효과만 난 것 같았다. 김민우는 난처하다는 듯 침묵을 지키다가 겨우 운을 뗐다.

"난 진짜 모르겠다. 모르겠어. 난 그냥…… 뭐가 어쨌든 네가 스트레스를 덜 받길 바란다. 그렇게까지 부담을 느낄 일이 아니라고 말할 수는 없지만, 그래도 부담을 내려놓으면 좋을 것 같아. 잘됐으면 좋겠고. 이걸 내가 말해서 뭐 하겠냐 싶긴 한데, 진심이다. 너무 힘들어하는 것 같아서 하는 소리야. 너 아직 어리잖아. 살다 보면 다 살아진다더라."

그러더니 김민우는 약속 시간이 다 되어 간다며 나갔다. 1시쯤에 끝날 텐데, 그때까지 심란하면 이야기를 더 들어줄 테니 메시지를 보내라고도 했다. 괜찮아, 라고 중얼거린 다음 멍하니 앉아 있었다. 이런 소리를 들을 줄은 몰랐는데. 정말 몰랐는데. 낯설고 이상한 게 살갗을 무겁게 눌러 오다가 급기야 근육을, 뼈를 파고들어서 가슴팍 깊숙한 곳에 박혔다. 고통스럽진 않았지만 체한 듯했고, 조금 언짢았다. 찾아도 찾아도 나오지 않던 비행기 탑승권을 출발일이 지나고서야 뒤늦게 침대 밑에서 발견한 기분.

그때 전화한 상대가 정운채가 아니라 김민우였더라면 상황이 달라졌을까 생각해 보았지만 가능성이 전무하다는 것도 알았다. 어쨌건 나는 처음부터 돈을 빌릴 작정이었고, 거기엔 김민우의 역할이 없었던 것이다. 김민우와 내가 교환할 수 있는 건 이야기뿐이었다. 내가 신기한 이야기를 해 주면 김민우는 그걸 재미있게 들었다. 토를 달거나 핀잔을 주거나 나를 놀려

가면서. 엉뚱한 질문을 하면서. 이번에도 나는 그런 걸 바랐던 것 같다……. 하지만 무언가 잘못되었다.

나는 텅 빈 음성 대화 채널을 향해 으르렁거렸다.

"장난치지 마."

한 번 더.

"거짓말하지 마!"

김민우는 이미 떠났다. 누구도 내게 대답하지 않았다. 나는 아무나 붙잡고 악착같이 답을 얻어 내려는 사람처럼 블로그로 뛰어 들어갔다. 거기에 증거가 있었다. 나스닥과 크루드오일의 방향을 궁금해하고 내게 기프티콘을 주는 사람들. 내 뷰가 옳기만 하면 얼마든지 나를 좋아해 주고 걱정해 주는 사람들. 조건부란 안정성의 다른 말이다. 이유 없는 것들은 그 이유 없음으로 인해 언제라도 사라질 수 있기 때문이다…….

모니터를 바라보며 텅 빈 숨을 몰아쉬다가 알트탭을 눌러 HTS 화면을 내 앞에 끌어다 놓았다. 급히 꺾였다 급히 올라오는 5분봉 차트가 보였다. 11시 2분. 김민우와 이야기하는 30분간 나스닥은 250포인트가 급락했고, 2분 만에 다시 150포인트를 복구했다. 평소에는 150포인트가 움직이려면 하루 이틀이 걸렸는데 이제는 그 움직임이 2분 사이에 모두 나타나고 있었다. 아무 이유도 없이. 나는 추격매매에 나섰다가 난데없이 계좌가 털렸을 단타꾼들을 상상했고, 내 평단이 충분히 높다는 데에 안도했고, 기분이 풀어지는 걸 느꼈다. 즐겁기까지 했다. 적절한 거리를 유지한다면 나는 안전하고 여유로웠다.

시장으로 돌아갈 때였다.

내 매매 패턴은 두 종류였다. 스톱로스(투자손실을 제한하는 자동화된 거래 주문 기능)를 정확히 맞추면서, 마음이 흔들리는 순간 잃었든 벌었든 간에 그날은 계약을 모두 청산하고 HTS를 끄는 것. 손절의 기준도 무엇도 없이, 감을 믿고 수천 틱을 버티는 것. 나는 그 둘을 원칙과 승부라고 불렀다.

승부가 중요했다. 나는 확실히 안전한 매매를 하는 스타일은 아니었다. 평소에는 원칙을 지키다가도 강렬한 예감이 엄습하면 그 목소리만을 따라갔다. 이번에는 브렉시트가 이뤄질 것 같았고, 날씨가 아무리 나쁘더라도 미중무역분쟁이 해결되지 않으면 옥수수 가격은 주춤할 거였다. 물론 블로그에 글을 쓸 때에는 기사와 공식 발표와 추론을 덧붙여 그럴듯한 이야기를 엮어 냈기 때문에 사람들은 내가 펀더멘털 분석에 기반한 매매를 하는 줄로 알았다.

하지만 그 모든 이야기의 시작은 언제나 번뜩임이었다. 왜 그런 게 마음속에 있는지는 몰랐다. 사람은 무의식중에도 생각을 거듭한다고들 하니까, 내 머리도 구조를 모르는 입출력 기계처럼 작동하고 있으려니 할 뿐이었다. 그런데 속삭임은 큰 방향만을 읊었지 자세한 내역을 말하진 않았기 때문에 블로그의 감사 댓글로도, 금융기관 리포트로도 메울 수 없는 공백이 남았다. 어떻게든 그걸 채워 넣으려 애썼지만 계약을 체결한 다음부터는 욕심과 직감과 이성을 분간하기가 어려워졌다. 입맛에 맞는 자료만을 찾아보고 있는 건지, 아니면 객관성을 유지하면서 논거를 쌓고 있는 건지.

그럼에도 내가 승부를 포기하지 못하는 건, 승률이 8할을 넘어갔기 때문이었다. 거기에 비하면 단타 실력은 나빴다. 차트에 선을 그어 지지대와 돌파 지점을 찾아내는 데에는 소질이 영 없었고 일목균형표 보는 법은 아직도 몰랐다. 기껏해야 볼린저밴드와 RSI를 참고해 가면서, 캔들의 기본적인 형태가 의미하는 바를 떠올리면서 느낌에 단서를 더할 뿐이었다. 단타는 항상 100을 벌고 80을 잃어서 20이 남는 식이었고, 계약 수를 높이 가져갈 때는 불안에 시달리다가 다 날리기 일쑤였다. 그럴 바에는 차라리 직감만을 따라가는 편이 나았다.

하지만 결과를 확인하려면 최소한 몇 주에서 몇 달이 필요했다. 그동안 나는 계좌의 절반 이상을 직감에 투자한 상태로 오버나이트를 거듭했다. 선물 계약을 당일에 청산하는 대신 내일로, 모레로 끌고 가는 일 말이다. 선물의 특성상 심하면 하루에도 잔고가 수천이 늘었다가 줄었다가 했고, 목적지에 도달하기 전에 강제청산이 나가기도 했다. 투자금이 넉넉했던 시절의 일이다.

투자금은 그때의 1할로 줄었지만 변동폭은 여전했다. 다이너마이트를 등에 업고 달리는 기분이었다. 적절한 타이밍에 내려놓으면 폭발은 나를 달로 보내주겠지만, 그게 아니라면 육편이 되어 터져 나갈 거였다. 아직까지는 안전해 보였다. 12일 새벽 1시, WHO가 코로나 팬데믹을 선언했고 열 시간 뒤에는 트럼프가 삼십 일간의 유럽 입국 제한을 발표했다. 부양책은 없고 대책만 있는 대국민담화에 시장은 공포로 물들었다. 나스닥 선물은 한 시간 만에 8,000에서 7,650으로 굴러떨어졌고 세계 각국의 주식 시장도 격렬한 반응을 보였다. 유로스톡스 -12퍼센트. 런던거래소 -11퍼센트. 프랑크푸르트 거래소 -12퍼센트. 이탈리아 FTSE -17퍼센트.

코스피 역시 장중 -5퍼센트 폭락하면서 사이드카가 발동해 거래가 5분간 정지됐다. 오후 내내 각종 커뮤니티를 탐방했다. 모니터라거나 책상 유리 따위를 박살낸 사진들이 투자 실패의 내러티브와 달라붙어 돌아다녔다. 댓글들이 그걸 보고 비웃었기 때문에 나도 웃었다. 틀린 방향을 고른 사람들을 향해. 내가 스쳐 지나왔지만 아직은 내가 아닌 것들을 향해. 희극에는 잔인성의 여운이 깔려 있다고들 한다. 올바르고 좋은 것을 향한 감정은 찬탄이거나 존경이지만 어긋난 것들에게는 웃음만이 주어진다는 것이다. 행복에서 우러난 것과도, 깨달음의 기쁨과도 완전히 다른 웃음.

그러니까 실패담은 상반된 감정을 안겨다 준다. 하나는 살아남았다는 데에서 오는 안도감과 희열이고, 다른 하나는 나 역시 그 이야기의 주인공이 될 수 있다는 예감이다. 나는 불행을 미리 연습하려는 것처럼 그 순간을 회상하고 또 상상해 보았다. 여유로울 때나 부릴 수 있는 사치라는 걸 알지만, 막상 그 상황이 닥쳐오면 언제나처럼 이를 꽉 깨물겠지만, 그래도 해 보는 것이다. 그렇게 시간이 흘러 다시 새벽 1시. 13일.

나스닥은 7,400에서 7,700까지 치솟았다가 상승분을 모두 반납했고, 나는 12계약을 더 담아 마이크로 나스닥 40계약을 채웠다. 13일 하루만 버티면 정운채에게서 돈을 받을 수 있으니까, 어차피 이득도 꽤 많이 보고 있으니까 40계약쯤은 너끈할 거라는 계산이었다. 계좌 잔고는 빠르게 치솟아 9,000만 원에 가까워지고 있었다. 불을 끄고 누웠지만 잠이 오기는커녕 휴대폰만 손에 달라붙었다.

쾌락 버튼 실험에 대해 읽은 적이 있다. 원숭이의 뇌에 전극을 꽂아서 버튼을 누르면 쾌락 중추를 자극하게끔 전선을 연결해 놓았더니 원숭이가 밥도 먹지 않고 버튼만 눌러 대다가 그만 죽어버렸다고. 실험 속의 그 원숭이가 된 기분이었다. 나는 메트로놈처럼 일정한 간격으로 MTS 상단의 새로고침 버튼을 눌러 댔다. 그럴 때마다 잔고가 불어났다. 8,400, 8,800, 9,000, 9,500만 원. 곧 1억 원이었다. 이렇게만 벌면 5억 원쯤은 금방 복구할 수 있을 것이다. 심장이 기분 좋은 박자로 뛰면서 머리가 아찔해졌다. 꿈꾸는 듯한 목소리가 속삭였다.

10계약만 더 넣어 보지 그래?

7

계약 수를 늘리진 않기로 했다. 7,700에서 7,000을 갈 수 있다는 건 그 반대도 가능하다는 뜻이었고, 나는 아직 작년의 실패를 기억하고 있었다. 돈이 들어오기 전까지는 많아도 40계약을 유지할 생각이었다. 돈을 다 날릴 위험보다는 돈을 조금 덜 벌 위험이 나았다. 대신 1억 원을 찍는 것만 보고 자기로 했고, 새벽 4시가 조금 넘은 시점에 눈을 붙였다. 느지막이 일어나자 나쁜 소식 두 개가 나를 기다리고 있었다.

하나는 마이크로 나스닥의 증거금이 10퍼센트만큼 오른 것이었다. CME는 변동성이 높아져서 손실 위험이 커질 때마다 증거금 요구량을 올렸다. 폭락장이 시작된 후로 네 번째였다. 이제 40계약을 유지하려면 4,600만 원이 아니라 5,200만 원이 필요했다.

두 번째는 늦잠을 자는 사이에 나스닥의 저점을 놓쳤다는 거였다. 새벽부터 아침까지 주르륵 흘러내려서 7,000을 뚫고 내려갔다가, 트럼프가 국가비상사태 선포를 검토하고 있다는 소식에 7,600까지 반등한 상황이었다. 타이밍 좋게 매도했더라면 잔고가 1억 2,000만 원쯤 됐을 텐데 지금은 그 절반으로 쭈그러들어 있었다. 6,000만 원이나 되는 돈을 보지도 못한 채 잃었다고 생각하니 꿈에서 진수성찬을 먹으려다가 깨어 버린 기분이었다.

테이블에서 완전히 일어서기 전까지는 어느 무엇도 진짜 돈이 아니라지만, 계좌의 고점을 그대로 이득이라고 믿어 버리는 건 투기꾼들의 불치병이다. 그건 이성의 작용이 아니기 때문에 합리적인 생각도 소용이 없다. 잃기도 하고 따기도 하는 거지, 하고 넘기는 게 최선이다. 그런데도 나는 잔고 화면을 들여다보면서, 십 초에 한 번씩 새로고침 버튼을 누르고 있었다. 펌프를 눌러 자전거 바퀴에 공기를 넣듯이.

하지만 이번에 공기가 들어간 건 수익률이 아니라 차트였다. 7,600에서 맴돌던 5분봉이 갑자기 치솟아 올라와 7,750에 닿았다. 매도 40계약의 평균 단가는 7,701.4. 수익이 한순간에 날아가더니 계좌가 새파래졌다. 손실 구간에 진입한 것이다. 계약 수를 늘리라는 유혹에 넘어가지 않은 자신을 대견스러워할 여유도 없이 심장이 차가워졌다. 휴대폰을 던지고 일어나 모니터 앞에 앉았다. 뭐라도 해야 했다.

그런데 뭘 하지?

마이너스 500.

목을 거북이처럼 쭉 뺀 채 요동치는 호가창을 멍하니 지켜본다. 그리고 차트에 선을 그어 본다. 7,790을 돌파하면 위쪽으로 투자 심리가 열리고, 아니면 다시 꺾일 것이다. 단기적으로는 그렇다. 단기라는 건 도대체 어떤 시간일까. 서너 시간. 반나절. 하루, 이틀, 일주일, 혹은 한 달. 리먼브라더스 사태 당시에는 일봉이 폭락을 멈추고는 한 달간 커다란 박스권을 그리다가 다시 주르륵 미끄러지는 기간이 있었다. 나한테는 그렇게 긴 단기를 버틸 여유가 없었다. 제발 이게 순간적인 움직임이고 서너 시간 안에 수습되는 상황이기를. 세상은 여전히 처참하니까. 빠르게 좋아질 가망은 거의 없으니까.

나는 세상이 조금만 더 끔찍해졌다가 내가 계약을 청산하는 타이밍에 맞추어 멀쩡해지기를 진심으로 빌었다. 비는 수밖에 없었다. 계약을 몇 개 잘랐다가 위에서 다시 매도하는 식으로 대응하기에는 시장 상황 자체가 감이 잡히지 않았다. 근거니

논리니 하는 것들은 금방 사라지고, 직감마저도 깜박거리고, 무엇이든 될 수 있는 목소리들이 서로 맞붙었다. 두려움과 이성이거나, 이성과 아집이거나. 무력한 기도를 올리는 내가 있었고, 지금이라도 멈추고 남은 돈을 건져 가려는 내가 있었고, 점점 좁혀 들어오는 땅의 경계면을 직시하는 내가 있었다. 돈을 잃는 건 시장에 발붙일 여지를 잃어버리는 일이지만 발붙일 곳이 남은 한은 끝이 아니다. 현기증과 희열과 공포가 함께 치솟으면서 생각이 순간적으로 멎었다. 나는 여러 갈래의 조명 속에 선 사람처럼 갈라지고 온갖 이미지가 그 사이를 질주했다. 고무줄처럼 늘어나고 줄어드는 로프, 각자의 로프를 허공에 걸어 두고 외줄타기를 시도하는 사람들, 떨어져 죽은 사람들, 훅 꺾이면서 7,000을 향해 내려가는 차트의 형세, 언젠가 장바구니에 담아 두고 영영 사지 못했던 70만 원짜리 삭스 스니커즈, 엄마의 미소, 평온한 오후의 햇살 속에 멈춘 듯 앉은 나, 갑자기 튀어 올라가는 호가창의 숫자들…….

그러던 어느 순간 차가운 공기가 느껴졌다. 현실로 돌아온 것이다. 13일에서 14일로 넘어가는 밤, 무슨 이유에서인지 급반등세를 보이며 7,750까지 올랐던 나스닥은 다시 7,300으로 내려갔다. 1포인트는 4틱이니까 네 시간 동안 위아래로 1,650틱이 오르내린 셈이다. 계좌는 다시 수익권으로 돌아섰지만 7,750이었을 때, 순간적으로 마이너스 500만 원의 손실이 났을 때의 흔적이 아직도 몸에 남아 있었다. 나는 목을 양옆으로 꺾으면서 근육의 긴장을 풀었다. 우두둑 소리가 났고 눅눅해진 티셔츠는 몸에 붙어 흔들거렸다. 일단 일어나서 물이라도 마시기로 했다.

고작 500만 원으로 이러면 안 되는데. 그쯤이면 얼마든지 잃고 벌 수 있는 돈인데. 김민우의 말대로 부담을 내려놓을 필요가 있긴 했다. 내 마음을 위해서가 아니라 계좌를 위해서라도 그랬다. 물을 한 잔 가득 들이켠 다음 후들거리는 다리를 끌고 괜스레 엄마 방에 가서 바닥에 주저앉았다. 침대 옆의 협탁이 등받이가 되어 주었다. 엄마는 스도쿠 퍼즐을 푸느라 내게는 눈길도 주지 않았다. 이야기를 하러 온 건 아니니까 아무래도 좋다.

천천히 방을 둘러보았다. 책장이 침대 맞은편 벽면을 채우고 있었다. 책의 반절쯤은 영어 자료였다. 엄마가 기술번역가로 일하던 시절의 것들. 낡은 흔적이 부드럽고 친근한 느낌을 줬다. 침대 머리맡에 걸린 벽걸이 무드등은 받침이 둥근 꽃 몇 갈래가 뻗어나가는 형상이었다. 머리를 젖힌 채로 눈을 깜박이자 그 둥글고 따스한 불빛들이 가까워졌다가, 멀어졌다가, 다시 가까워지며 내 둘레에서 춤추는 듯한 느낌이 들었다. 그럼에도 저 빛나는 구체가 허공으로 치솟는다거나, 책장이 느닷없이 무너진다거나 하는 일은 결코 일어나지 않는다는 사실이 물리적인 신비감을 안겨다 줬다. 외줄타기를 하듯 고무줄 로프 위를 통, 통, 통 튀어 다니다가 화면이 바뀌듯 견고한 바닥에 안착한 기분이었다.

문득 어렸을 때 트램펄린을 뛰고 놀았던 기억이 났다. 1,500원을 내고 한 시간을 폴짝거리다가 계단으로 내려오면 잠시 잊었던 세상의 무게가 나를 무겁게 붙잡아 눌렀다. 트램펄린에 오르지 않았더라면 결코 깨닫지 못했을 무게였다. 잘 옮겨지지 않는 다리를 끌고 집까지 걸어가는 동안에는 며칠이고 몇 년이고 트램펄린 위에서만 살아가는 상상을 하게 됐다. 모든 오르내리는 것에는 그런 유아적인 환상이 깃들어 있다. 비행기에도, 롤러코스터에도, 대관람차에도. 시장도 마찬가지다.

눈을 감고 돈의 흐름이란 것을 생각했다. 모니터 속에, 숫자와 차트의 형태로만 존재하지만 78억 개의 삶과 어떻게든 엮인 것. 유아적인 환상을 먹어치우고는 현실의 고통과 희열을 뱉어 내는 것. 형체 없이 흔들리고 부풀고 움츠러들면서도 명백히 견고한 것. 원리도 원칙도 없고 예측할 수도 없지만 지나고 보면 너무나 간명한 것. 다양한 욕망들이 각자의 방향으로 질주하면서 하나의 추세를 만들어 내는 것. 독도, 날붙이도 없이 사람을 죽이고 살리는 것. 그 자체로는 사악할 구석이 없지만 아주 쉽게 사악해지는 것. 나는 그걸 어떻게 받아들여야 할

지 아직 알 수가 없었다. 그냥 아무 생각 없이 모두의 욕망을
따라 튀어올라야만 한다고, 그 본성이 무엇이든 중요한 건 수
익률이라고 중얼거릴 뿐이었다. 돈을 벌어야 해. 텅 빈 배 속
에 주문처럼 메아리치는 한 문장. 돈을 벌어야 해.

"나쁜 일이라도 있어?"

엄마의 목소리가 오후 나절의 햇살처럼 내 위에 내려와 얹
혔다. 나는 뻐근하고 불편한 낮잠으로부터 깨어나듯 눈꺼풀
을 들어 올렸다.

"아니, 왜?"

"표정이 안 좋아 보여서."

고개를 돌려 엄마를 똑바로 마주 보았다. 무드등의 주홍색
불빛이 마른 어깨를 덮고 있어서, 엄마의 머리도 무드등으로
부터 떨어져 나온 꽃받침처럼 보였다. 나는 갑자기 트램펄린
에서 뛰놀던 어린 시절로 되돌아가서 물었다.

"엄마."

"응."

"내가 만약 잘 안 되면 어쩔 거야?"

"뭐가 안 된다는 거니?"

"모든 게. 내가 만약 거짓말만 하고 있고, 돈도 제대로 못 벌
고, 하루하루 그냥 살아만 있는 사람이 되면. 완전히 쓸모없는
사람이 되면, 그러면 어떻게 할 거야?"

엄마의 입가에 희미한 미소가 번져 나가다가 금방 사라졌다. 오래된 기억을 더듬어 가는 듯한 눈이 나를 물끄러미 내려다보았고 부드러운 불빛 뒤편의 그늘이 의식되었다. 멜로드라마가 진행되던 도중 갑자기 음향 사고가 나서, 따뜻한 배경음악은 사라지고 텅 빈 고요만이 남은 느낌. 이윽고 단조롭고 무감각한 목소리가 허공에 울렸다. 책 바깥의 낭독자가 사무적인 태도로 단락을 읽어 내려가는 듯했다.

"나는 그런 건 생각하지 않기로 했어."

엄마는 다시 스도쿠 퍼즐로 관심을 옮겼다. 나는 머리에 망치를 맞은 듯 굳어 있다가 그게 엄마가 배신을 받아들이는 방식임을 되새겼다. 나쁜 미래에 대해서는 생각하지 않고, 그저 비관과 체념으로 매 순간을 통과해 나가는 태도. 엄마의 세계는 메마른 비참으로 이루어져 있었으며 나 역시 그 일부에 불과했다. 나도 알았다. 진짜 문제는 비참에도 결이 있다는 사실, 나는 그중에서도 상각되지 않은 부실채권에 가깝다는 사실 말이다. 진실을 알게 되면 엄마는 어떤 표정을 지을까. 그때도 경악은 없으리라는 예감이 어떤 면에서는 안심스러웠고 어떤 면에서는 절망스러웠다.

그래도 어쨌든 지금은 울 때가 아니었다. 엄마 방에 앉아서 멈춘 듯한 시간을 즐길 때도 아니었다. 8,000만 원이 추가로 들어오면 여유를 가지고 돈을 굴릴 수 있으리라는 사실을 위

안 삼으면서, 비척비척 일어나 방으로 돌아왔다. 컴퓨터 화면
에는 여전히 HTS가 펼쳐져 있었고 휴대폰은 바닥에 내던져
진 채였다. 휴대폰을 줍고 침대에 누워서 메일함을 살폈다. 마
지막으로 본 게 세 시간쯤 전이었는데, 그새 알림이 다섯 개
쌓여 있었다. '좋은 글 잘 읽고 갑니다', '감사합니다', …… '안
녕하세요, 새벽에 갑작스럽지만……'.

  마지막은 섭리와운명이 보낸 DM이었다. 나는 그것부터 확
인했다.

[섭리와운명] (2020/3/13)
안녕하세요, 새벽에 갑작스럽지만 조언을 구하고 싶습니다.
어제 오전에 손실을 보던 주식을 모두 정리하고 나스닥 인버
스를 담았는데, 생각해 보니 그때가 저점이었는지도 모르겠
다는 생각이 들어서 조금 불안합니다. 워낙 반등이 강하게
나와서요. 확인해 보니 제가 샀을 때보다 500포인트 정도 올
라가 있네요. 곧 주말인데, 그동안 안심하고 있어도 될까요?
새 가게를 내자마자 코로나가 터져서 걱정이 많습니다. 원래
는 3월부터 본격적으로 매상이 나오면서 궤도에 올라야 했는
데 계획이 다 어그러졌어요. 본점 손님도 많이 줄었고요. 고
깃집이 원래 홀 장사라지만, 업종 자체가 배달이 어렵다 보니
매상이 잘 안 나오네요. 주식으로라도 벌어서 메꿔야 할 텐데

이것도 쉽지 않고요. 이 와중에도 은행은 대출 이자를 따박따박 떼 가니 야속하다는 생각도 조금 듭니다. ^^;;

아무튼 추위도 많이 풀려서 완연한 봄인데, 계좌에도 빨리 봄이 왔으면 좋겠습니다. 코로나 끝나면 꼭 한번 놀러 오시길요! 비싸고 맛있는 부위로만 골라 드릴게요. ^^

섭리와운명은 하필이면 11시에, 내가 자고 있을 때에, 나스닥이 근래 들어 제일 낮아졌을 때에 나스닥 인버스 ETN을 샀는가 보다. 잃는 사람들의 공통점은 매수와 매도 타점이 아주 정확하다는 것이다. 정확하게 반대다.

나는 그 정확함에 미묘한 수치심을 느끼면서, 한편으로는 봄이라는 낱말에 숨이 막힌 채로 섭리와운명이 어떤 사람인지를 되새겼다. 고깃집을 운영하는 사십 대 남성. 블로그에 들어가면 어린 딸과 유원지에 간 사진이 있고 집에서 기르는 고양이 그림이 있고 가게 소개가 있다. 나를 항상 좋아해 주고 나를 믿어 준다. 얼굴도 못 본 사람의 DM 창에 속사정을 털어놓을 만큼. 그런데 도대체 누가 누구한테 말하고 있는 거지. 내가 이런 이야기를 들어도 되는 사람인가. 당장 두 시간 전까지만 해도 세상이 계속 망해 있길 빌었는데.

휴대폰을 배에 내려놓은 다음 눈을 감았다. 시장의 포지션은 매수와 매도, 둘뿐이지만 거기에 올라타는 사람의 이유는 각자 다르다. 남의 불행에 판돈을 거는 사람이 있는가 하면 자신의 몰락에 베팅해야 하는 사람도 있다. 그런 분열은 아마도 한 사람의 초라함으로부터 오는 것 같다. 지구는 아주 넓고 한 사람은 티끌 같으니까. 트럼프처럼 연설 한 번으로 나스닥을 올리거나 패대기칠 힘은 없고, 추잡한 기도는 마음속에만 있는 거니까.

　나는 섭리와운명이 얼마를 벌어야 이 봄을 버틸 수 있을까 생각해 봤다. 인건비나 관리비나 임대료나 대출 이자 같은 걸 계산하면, 5,000만 원? 그 정도로 충분할까? 섭리와운명의 계좌를 위해서도 기도하고 싶었지만 매출도 이익률도 몰랐으므로 막연한 건승을 빌 뿐이었다. 당장 내 미래조차도 희미한 판에.

　그래도 소망은 확실했다. 아파트를 사야 했고 두 명이 살아갈 생활비도 조금 남겨야 했다. 매달 돈 계산에 쪼들리지 않도록. 만약 아버지 사업이 망하고 엄마까지 신용불량자가 되더라도, 내 카드를 쓰고 내 명의의 휴대폰을 쓸 수 있도록. 재입학이나 취직 같은 건 그 다음에 생각해도 좋았다. 파인다이닝도 람보르기니 우라칸도 중요하지 않았다. 오후 햇살이 비쳐드는 거실에서, 아무 소리도 듣지 않고 가만히 앉아 있을 수만 있다면 평생토록 아르바이트만 하면서 살아도 괜찮을 것이다. 나한테는 그것만으로도 충분했다.

평안이란 성공과 실패의 낙차가 없는 상태를 뜻한다. 욕망의 역동을 헤집고 나와야만 비로소 거기에 도달할 수 있다는 사실은 삶의 잔인성을 증명한다고 본다. 주어진 희락과 고통을 모두 소진하기 전에는 진정한 안식을 얻을 수 없는 시스템이기 때문이다. 그렇다면 꿈은 무슨 역할을 하는가. 피난처인가, 보증 없는 공수표인가. 나는 한동안 고요 속에서 꿈을 꾸고 있었다. 그러던 어느 순간 진동음이 멈춘 듯한 공기에 파문을 일으켰다. 짧은 간격으로 두 번, 그리고 한 번.

부스스 일어나 휴대폰을 확인했다. 문자 메시지였다.

[Web발신]

[M증권]

해외선물옵션 추가증거금 안내

142-03**-**54-1

추가증거금 8,122,846원이 발생하였습니다.

해당금액은 현금 입금 또는 포지션 청산을 통해 해소 가능하며, 미변제 시 포지션의 일정수량이 반대매매 처리될 수 있습니다.

(2020/3/14 오전 2:21)

[Web발신]

[M증권]

안녕하십니까? M증권 다이렉트입니다.

해외파생계좌에 원화미수금이 발생하였습니다. 미변제 시 연체이자가 부과될 수 있습니다.

자세한 내용은 고객센터로 문의 부탁드립니다. 감사합니다.

(2020/3/14 오전 2:22)

[Web발신]

[M증권]

해외파생다이렉트계좌 추가증거금 발생하여 연락드렸습니다.

위험도 상황에 따라 실시간 반대매매될 수 있으니 장 중 추가 증거금 해소 부탁드립니다.

감사합니다.

(2020/3/14 오전 2:28)

도대체 뭐가 감사하다는 거지?

글자가 잘 읽히지 않아서 엄지로 화면을 몇 번 올렸다가 내렸다가 했다. 8,122,846이라는 숫자가 괜히 커 보였고 실감도 나지 않았다. 꿈인가. 그렇게 묻는 순간 정신이 예리해지면서 잡생각이 모두 달아났다. 가만히 누워서 우울해하는 건 엄청난 비용이 드는 사치였고 반대매매는 실존적인 공포였다. 심장이 폭발할 기세로 뛰기 시작했다. 나는 떨리는 손으로 MTS를 열었다. 계좌잔고 화면으로 진입하는 동안 공인인증서 비밀번호를 네 번이나 틀렸다. 나스닥 선물 시세는 7,882.3.

1,728만 원의 손해.

믿을 수 없는 마음에 차트 화면으로 넘어가자 15분봉이 등락도 없이 상승하고 있었다. 뭔가 일이 터진 게 분명했다. 이럴 때는 뉴스보다는 한 줄짜리 게시글이 더 잘 읽힌다. 상황이 공기로 전해져 오기 때문이다. 해외선물 커뮤니티로 달려 들어가자마자 트럼프를 욕하는 글이 보였다. 대통령 노릇을 하면서 시장 버릇을 잘못 들였다는 거였다. 국가비상사태를 선포했고 두어 시간 후에 대책 인터뷰를 할 거라는 소식도 있었다.

선포. 이번에는 검토가 아니라 선포다. 낮부터 저녁까지, 나스닥 선물 7,000포인트를 7,750까지 쳐올린 그 재료가 순식간에 되살아나서 계좌를 짓뭉개고 있었다. 물론 메인은 아직 시작되지도 않은 대책 인터뷰였다. 상자에 무엇이 들어 있는지도 모르면서 상자가 있다는 이유만으로 매수 버튼을 누르는 사람들이 끔찍하게만 느껴졌다. 기대감이라는 게 도대체 뭐기에.

나는 정체 모를 희망을 저주하면서, 내 판단이 얼마나 합리적이었는지를 따져 보았다. 금융시장에서의 합리성이란 현실에서의 합리성과는 다른 의미를 지닌다. 모두가 붉은 것을 보고 파랗다고 하면, 함께 파랗다고 해야만 수익이 나기 때문이다. 결국 이곳의 합리성이란 모두의 비합리를 따르는 일이고 그래서 분열적이다…….

나는 앞날이 불확실하다는 진리를 진리로 믿어 버리느라 불확실성 자체를 놓치고 있는지도 몰랐다. 하지만 그러면 어떻게 해야 한단 말인가. 손절은 너무 타격이 컸다. 증거금 비율을 안정권으로 되돌려 놓으려면 40계약 중에서 1/4 이상을 날려야 했다. 복구에서 또 멀어지는 것이다. 8,000만 원이 들어올 것만 믿고 40계약을 잡아 놨는데, 이제 세 시간만 버티면 장이 끝나는데 새벽에 이 꼴이 날 줄이야. 일단은 버텨 봐야겠다고 생각하면서, 부적이라도 붙잡듯 휴대폰을 꽉 쥐었다. 기다렸다는 듯 진동이 울렸다.

[Web발신]

[M증권]

해외파생다이렉트계좌 추가증거금 발생하여 연락드렸습니다.
3:30까지 미해소 시 시장가 반대매매 예정이오니 계좌 확인하시어 추가증거금 해소 부탁드립니다.
감사합니다.

(2020/3/14 오전 2:34)

예정이라는 말이 가장 먼저 눈에 들어왔고, 감사하다는 마지막 인사도 나를 놀리는 것 같았다. 반대매매야 아무래도 좋으니 마지막 한 줄은 제발 삭제하라고 M증권 본사 앞에서 시위라도 벌이고 싶은 지경이었다. 아니다. 인사말쯤이야 아무래도 상관없다. 반대매매가 나가면 정말로 안 된다.

지금 시각은 새벽 2시 34분. 나스닥은 꺾일 기미가 없었고 나는 한 시간 안에 넉넉잡아 1,200만 원 정도를 구해 와야 했다. 그 고비만 넘기면 승기가 돌아왔다. 당장 한 시간쯤이 지나서 상자가 열리면, 트럼프가 내놓은 대책이 시원찮으면, 잔뜩 부풀었던 기대감이 배신당하면 나스닥은 다시 급락할 거였다.

먼저 정운채에게 전화를 걸어 보았다. 주말에 돈을 넣어 주겠다고 했으니까, 어쩌면 지금 당장에라도 받을 수 있을지 몰랐다. 하지만 들리는 소리는 컬러링 음악뿐이었다. 한 번, 두 번, 세 번, 네 번. 다섯 번째 시도에서는 노래 두 소절이 지나가자마자 기계음이 지금은 전화를 받을 수 없으니, 를 읊었다. 이 새벽에 바쁜 일이 있나. 아니면 그냥 받지 않기로 작정한 것인가. 둘 중 무엇이든 간에 정운채의 도움을 기대할 수 없으리라는 점은 명백해 보였다. 이쯤 되니 8,000만 원이 들어올 거라는 전망조차 희미해졌다.

뿔피리 같은 심장 소리 외에는 모든 감각이 둔했고 느낄 수 있는 것은 시간이 흐르는 속도뿐이었다. 2시 41분. 치솟는 차트와 무너져 가는 계좌를 보았고, 커뮤니티의 한탄 글을 몇 개 읽었고, 내 불행의 총화에 마지막 매듭을 짓듯이 녹음 앱으로 들어갔다. 목록에 보이는 파일은 딱 하나. 당장 며칠 전에, 아버지와 그 난리를 쳤을 때 녹음해 둔 것이었다. 나는 아무 생각도 없이 재생 버튼을 눌렀고…… 머리가 홱 돌았다.

∿

엄마는 종종 은행 업무를 봤다. 거래처 해외송금을 위해 은행 지점에 들른다거나, 아버지가 바깥에 있는 동안 대신 돈을 보내준다거나. 사업이 엄마 명의로 되어 있기 때문에 가능한 일이었다.

달리 말하면, 엄마한테는 공인인증서와 보안카드가 있었다. 공인인증서 비밀번호도 알았다. 나는 침대 가장자리에 앉아 이게 도대체 말이 되기나 하는 일인지 잘 생각해 봤다. 무엇보다도 실현 가능성이 마음에 걸렸다. 아버지는 1,000만 원이 없어서 나한테 손을 빌리는 판인데 송금이 될까. 그 돈이야 어디선가 구해서 막은 모양이지만, 아무튼. 아버지한테 들키면 어떡하지. 그러다가 오 분도 지나지 않아서 결론이 났다. 정운채가 옳았다. 나는 멀쩡한 애가 아니었으며 착한 적도 없었다. 영악하기까지 했다.

절전 모드에 들어가면서 기능을 몇 개 꺼 둔 기분이었다. 인간의 도리라거나 수치심 같은 것들. 어차피 반대매매만 막으면 살아날 수 있으니까 엄청난 불효는 아닐 것이다. 이상할 만큼 예리한 정신으로 낱말과 감정을 골라낸 다음 거실로 나왔고, 엄마 방에서 불빛이 새어 나오는 걸 보고 안도했다. 깨우는 데에 시간이 낭비되지 않으리라는 생각에서였다.

"엄마."

나지막한 목소리로 부르자 엄마가 고개를 들어 나를 보았다. 여전히 등받이에 기대 책을 읽는 중이었다. 나는 조금 울먹였고, 침대에 바짝 붙어서 녹음 파일을 들려주었으며, 진짜로 있었던 일들을 얼기설기 조각내서 새로운 이야기를 만들었다. 나를 탐욕스러운 도박꾼이 아니라 비참하고 절박한 사람으로 만들어 줄 만한 이야기. 아버지한테 이런 소리를 들었고, 마음이 급해져서 돈을 굴리게 됐는데, 잠깐 삐끗해서 계좌에 구멍이 났다고. 내일 돈이 또 생기니까 오늘만 돌려 막으면 된다고. 막아야 할 액수를 읊으면서, 나는 다짐하듯이 덧붙였다.

"그렇게는 안 할게. 진짜 안 그럴게. 돈 들어오면 바로 그거부터 다시 채워 넣을 테니까. 잃어도 어쨌든 돈은 남으니까, 그 돈으로 다시 메꿔 넣을 테니까. 제발. 그렇게는 안 할게."

아버지를 들먹이기도 싫어서 그렇게, 라고 말했지만 엄마는 그게 누굴 가리키는지 설명 없이도 이해한 기색이었다. 나는 이미 아버지처럼 굴고 있었다. 나도 알았다. 실망하지도, 화내지도 않는 엄마. 날 붙잡고 울지도 않는 엄마. 나를 응시하는 엄마의 눈동자가 깊고 검었다. 끝을 모르도록 깊은 동굴 앞에 서서, 어둠으로부터 뻗어 나오는 비명을 듣는 기분이었다. 이윽고 엄마는 유령 같은 몸짓으로 침대에서 일어나 나를 스쳐 지나갔다. 나는 숨을 깊이 들이켜며 고요에 깃든 경멸과 체념을 느꼈다.

엄마는 책장에서 꺼낸 파일박스와 함께 돌아왔다. 불투명한 분홍색 플라스틱 겉면에 작업물이라는 말이 마커펜으로 적혀 있었다. 파일박스를 넘겨받자 안에서 덩어리들이 덜걱거렸다. 꽤 무거웠다. 나는 명령을 기다리는 로봇처럼 엄마를 바라보았다. 엄마가 열어 보라고 했다. 고무줄로 묶인 지폐들이 거기에 있었다. 비상금이겠지만, 엄마한테도 물론 비상금이 있겠지만, 이게 도대체 얼마지. 엄마는 그게 1,500만 원쯤 될 거라고 했다.

"마통도 이젠 한도야. 통장에서는 빠듯해. 이거로 어떻게 해보렴."

오래전부터 이 순간을 예감했다는 듯한 목소리가 이어졌지만 나한테는 잘 들리지 않았다. 환청이 습격해 오더니 초등학교 시절, 중학교 시절, 고등학교 시절, 돈이 없다는 소리만 돌아올 게 뻔해서 겁을 먹고 아무 말도 꺼내지 않은 시간들이 파노라마처럼 뇌리를 관통했다. 달에 60만 원짜리 종합학원을 다닌다 치면 일 년간의 학원비는 720만 원. 이 년이면 1,440만 원. 나는 아주 불행한 적은 없었지만 학원에 다닌 적도 생일을 축하받은 적도 그럴듯한 신발을 신어 본 적도 없었다. 아버지의 고함소리만 기억에 남았다. 추억 없는 추억들을 되새기는 순간, 공백의 무게가 느껴졌고 내 평생도 약간 부정당한 기분이 들었다. 기분에 불과했으므로 잊어버리기로 했다. 파일박스가 이것 하나뿐인지, 아니면 몇 개 더 있을지 생각해 보기도 했지만 이제는 소용이 없었다. 엄마한테 있는 돈은 이게 다일 거라고, 스무 해가 넘는 결혼 생활 동안 모아둔 게 1,500만 원뿐이라면 차라리 적다고 믿는 편이 나았다.

3시 4분. 계좌는 여전히 마이너스권. 어렴풋한 이미지에게 배신당하는 것보다는 시장에게 얻어맞는 게 더 뼈저리다.

"나갈 때 불 끄고 가."

다시 침대에 걸터앉은 엄마는 지쳤다는 듯 이불을 끌어당겼고, 턱 끝으로 문을 가리켰다. 내가 훌쩍 떠나버릴 거라고 미리 정해 둔 듯했다. 5만 원권을 그대로 송금할 수는 없으니까, 갈 때였다. 반대매매가 나가기까지 이십육 분. 불을 끄고 방으로 돌아와 서랍에서 통장을 찾은 뒤 엘리베이터를 탔다. 아파트 단지를 나와 내가 나온 초등학교를 지나면 은행이 있었다. 온종일 작동하는 ATM도. 팔 층에서 일 층까지 내려가는 시간이 끔찍하게도 길었다. 정문이 열리자마자 몸 안의 열기가 쏟아져 넘치듯 밤의 추위와 뒤섞였다. 심장 소리가 북처럼 쿵, 쿵, 쿵. 한 발짝을 크게 내디뎌 달릴 때마다 세상이 위아래로 흔들렸고 가로등의 불빛이 용광로처럼 녹아 흘렀다. 나도 함께 뭉그러졌다.

아파트 단지를 빠져나오자마자 초등학교 뒤편으로 내달렸다. 담장 너머로 키 큰 나무들이 불쑥 솟아 있었다. 복잡한 심경을 헤치고 어린 시절의 기억이 떠올랐다. 애들은 축구를 하거나 연예인 이야기에 심취하기 마련이라서 나무에 오르는 건 나뿐이었다. 윗둥에 다닥다닥 달라붙은 매미 허물을 떼어 오거나 살구를 한가득 따서 먹다 보면 이름도 모르는 애들이 몰려와서 불공평하다고 했다. 어차피 이 살구들은 내버려 두면 바닥에 떨어져 썩지 않냐고, 그러니 너희도 나무에 올라오라고 대꾸했지만 그러는 아이는 없었다. 아직도 내가 뭘 잘못했는지 모르겠다. 올라갈 수 있으면 올라가는 것이고 아니면 아닌 대로 사는 것이다. 나는 저 위에 뭐가 있든 붙잡을 게 있으면 일단 붙잡아 기어올랐다.

그런데 엄마를 데리고 집을 떠나고 싶다는 건 진심이었나. 아니면 다시 한번 도박장에 뛰어들고 싶었을 뿐이고, 집안사정은 거부감을 떨쳐 낼 핑계에 불과했던 건가. 그걸 어떻게 분간할 수 있을까. 한 달도 안 되는 시간 만에 여기까지 굴러떨어졌다는 사실이 믿기지 않고 슬프기만 했다. 하지만 슬퍼해서는 안 된다. 나한테는 슬퍼하거나 비참해할 자격이 없다. 패배하면 망가진 잔고와 함께 증발하고, 승리하면 살아남아 모든 것을 누린다. 돈과 욕망의 세계에서는 오직 그것만이 진실이다. 패자는 다만 죽어 갈 뿐이지 화목의 주인공도 비극의 주인공도 되지 못한다.

3시 17분. 빠르게 가까워지던 헤드라이트 불빛 두 쌍이 바로 옆에서 멈췄고, 경적소리가 아득한 느낌으로 울렸고, 나는 마지막 도로를 가로질러 ATM실을 향해 뛰어 들어갔다. 옆구리에 꼈던 파일박스를 기기 위에 올려놓은 다음 떨리는 손으로 화면을 눌렀다. 13분이나 남아 있으니까 조급해할 필요가 없다고 되뇌었지만 심장이 초시계라도 되는 듯 째깍거렸다. 몇 번에 걸쳐 파일박스 안에 들어 있는 돈을 액정 화면 속으로 옮기고, 옮기고, 옮겼다. 모두 합쳐서 1,632만 원.

나는 ATM기가 돈을 다 세기도 전부터 휴대폰을 꺼내 MTS를 열어 두고 있었다. 입금과 송금이 끝나자마자 예수금 화면에서 위험도를 확인했다. 손해는 더 늘어났지만, 안정권이었다.

3시 28분. 반대매매는 일단 막았다고 생각하니 몸에 힘이 풀리면서 새벽의 온도와 색채가 선명하게 다가왔다. 추위에 어깨가 떨렸고 내 몸이 울기 시작했다. 한참 전에 들었던 경적소리가 뒤늦게 귀를 찢었다.

8

집에 들어갈 엄두가 나지 않았다. 오른팔로는 파일박스를 낀 채로, 휴대폰을 쥔 왼손은 축 늘어뜨린 채로 ATM실을 어기적어기적 걸어 나왔다. 불 꺼진 거리에는 아무도 없어서 흑백 사진 속에 덩그러니 떨어진 기분이었다. 잠깐 멈췄던 눈물이 다시 차오르기 시작했다. 어룽거리는 시야 속에서 빛을 따라갔다. 편의점이 골목 너머에서 불을 밝히고 있었다. 파라솔 탁자 앞 플라스틱 의자에 앉자 선명한 냉기가 등허리를 감싸안았다. 식은땀 때문에 더 추운 느낌이었다.

그 상태로 한참을 훌쩍이다가 앞섶을 끌어올려 눈물을 닦고, 휴대폰을 켰다. 곧 기자회견이 시작될 거였다. 스피커 음량을 키우고 트럼프가 무슨 말을 하는지 들으려 애쓰다 보니 홀

쩍이는 소리 사이로 헛웃음이 섞여 나왔다. 새벽 4시에, 바깥에 나와 울면서, 트럼프의 목소리에 집중하는 한국인이라니. 이렇게나 이상한 조합이 있을까 싶었고, 엉망진창인 블랙코미디에 들어와 있는 느낌도 들었다. 멋도 없고 끔찍하지만 바깥에서 바라보면 우스꽝스러운, 그런 이야기.

그래도 다행인 점은 예상이 정확히 맞아떨어졌다는 거였다. 트럼프는 정말로 아무 이야기도 하지 않았다. 국가비상사태 선포는 낮부터 있었던 재료였고, 전략비축유 매입은 소소했으며, 방역에 관련된 지시들은 공포감을 키우는 역할밖에는 하지 못했다. 나는 8,000 인근까지 올라갔다가 빠르게 미끄러지는 나스닥 차트를 바라보며 웃기 시작했다. 마찬가지로 울음과 웃음이 뒤섞여 있었다.

그 와중 묘한 시선이 느껴졌다. 카운터에 선 아르바이트생이 사자 우리에서 닭을 발견한 관람객처럼 나를 힐끔거리고 있었다. 눈이 마주치자 아르바이트생이 결심했다는 듯 카운터 뚜껑을 열고 나왔다. 유리문이 열리며 희미한 바람 소리를 냈다.

"저, 물품 구매 안 하시면 테이블 사용이 안 되시거든요. 그리고 마스크 착용해 주셔야……."

내 얼굴을 똑바로 본 아르바이트생은 방금의 행동을 후회하는 듯 말끝을 흐렸다. 잘못 걸렸다고 생각한 모양이었다. 다른 가게에서 사 온 병소주를 까는 아저씨보다 울고 웃는 여자가 더 난처한 존재인 건가. 전자는 평범한 진상이지만 후자는 미친 사람 같으니까. 나는 일어섰다.

"죄송합니다."

얼떨떨한 표정으로 서 있는 아르바이트생 앞을 지나치는 동안, 나는 그 말을 몇 차례 되풀이했다. 그러면 오늘 새벽에 일어난 일이 모두 무효로 돌아갈 것처럼. 혹은 듣지 못할 사람들에게 더불어 사죄하려는 것처럼. 나는 ATM실을 나올 때보다 더 느린 속도로 걸어 집까지 갔고, 장이 닫힐 때까지 아파트 현관에 주저앉아 있었다. 14일 새벽 6시. 종가는 7,800선. 손실이 2,400만 원에서 960만 원으로 줄어들어서 그런지 머릿속에도 1,440만 원만큼의 여유가 생겼다.

그 자리를 메운 건 비참한 기분도, 절망도, 후회도 아닌 고요였다. 엄마한테 돈을 빌려 달라 할 때 마음 한 귀퉁이를 잠깐 꺼 두었는데 그게 아직 복구되지 않은 듯했다. 무언가가 더 망가졌을 수도 있겠지만 깊이 고민하고 싶진 않았다. 엘리베이터를 타고 올라가는 동안 입금 문자들이 잇달아 날아들었다. 보낸 사람은 정운채, 금액은 8,000만 원, 시각은 6시 1분. 장이 끝나길 기다렸다가 송금한 게 분명했다. 나는 정운채가 무슨 생각으로 다섯 번의 전화를 무시했을까, 이 타이밍은 또 무슨 의미일까 가늠해 보았지만 당분간은 답을 미루기로 했다.

약속한 시일에 돈이 들어왔으면 된 것이다.

집은 서늘하고 어두웠다. 엄마 방에서도 불빛이 비쳐 나오지 않았다. 살금살금 방으로 걸어 들어가서 노트북을 켰다. 이젠 아무 고민도 없이 섭리와운명에게 답장할 수 있을 것 같았다. 나는 경쾌한 박자로 키보드를 두드렸다.

[Oikonomia] (2020/3/14)

새벽에 트럼프 대국민담화가 관건이었는데, 별 내용이 없었네요. 국가비상사태는 끝난 재료고, 전략비축유 매입도 쉽게 탱크를 채울 수 있는 일이 아니라서. 한국석유공사 분석으로는 멕시코만 소금동굴 저장고 비축량이 6억 3천만 배럴이거든요. 최대치는 7억 배럴이고. 계산해 보면 7천만이 남는 건데, 그 정도는 금방 채우죠. 다 채우면 저장할 곳도 없이 기름만 넘쳐나니까 다시 급락이고요. 이번 반등은 데드캣♦으로 보입니다. 월요일 나스닥은 유가와 함께 동반하락으로 시작할 확률이 크니 안심하시고 마음 편하게 주말 보내셔요 :D 그리고 말씀 감사합니다. 가게 잘되셨으면 좋겠네요. 코로나 끝나면 꼭 한번 찾아뵙겠습니다.

♦   데드캣 바운스. 주가가 큰 폭으로 떨어지다가 잠깐 반등하는 상황을 비유할 때 쓰이는 말.

다 쓰고 나니 목이 말랐다. 부엌으로 나가자 며칠 전에 엄마가 사 온 꽃차가 보였다. 이상한 냄새가 나는, 마음을 평안하게 해 준다던 꽃차. 나는 주전자에 물을 끓이려 가스 밸브를 열었다가 그냥 닫았다. 그리고 가루를 한 입 가득 털어 넣은 다음 찬물을 마시고 또 마셨다.

그런데도 가루가 목에 남은 느낌이 들었다. 나는 토했다.

주말이 어떻게 지나갔는지 잘 모르겠다. 잠을 거의 자지 못했고, 엄마를 볼 자신이 없어서 방 바깥으로도 나오지 않았다. 새벽에 몰래 나가 편의점에서 삼각김밥이나 햄버거 따위를 사 온 기억만 겨우 난다. 딱 하나 분명한 건 내가 월요일에 일어나 나스닥이 아래로 내리꽂힌 걸 보고 타오르는 희열을 느꼈다는 사실이다. 눈앞까지 닥쳐온 불행이 갑자기 방향을 틀어 저편에 선 사람들을 후려치는 데에서 오는 쾌감은 성취의 기쁨을 압도한다. 아마도 비교할 상대가 명확한 탓에 낙차가 두 배로 커지기 때문일 것이다. 매수 포지션을 잡은 사람들과, 주식 시장에 남은 사람들과, 나 사이의 거리. 파멸과 영광의 거리.

나스닥은 밤 10시가 되도록 7,556.00에 멈춰 있었다. 주가 지수의 경우 주식 시장이 열리기 전까지는 선물 시장도 5퍼센트 이상 하락할 수 없었던 것이다. 그 아래로 내려가려 치면 서킷브레이크라고 해서 호가창이 막혔다. 대신 크루드오일이 예고편처럼 저 아래로 빠지고 있었다. 단타를 칠 요량으로 크루드오일 10계약을 걸어 놓은 뒤, 주가와 유가에 트럼프의 재선이 달려 있다는 사실을 떠올렸다. 임기가 끝나기까지 일 년도 남지 않은 시점이었고 공화당 경선은 이미 시작됐다. 온갖 기행을 차치하더라도, 셰일유 업계든 나스닥이든 살려 둬야만 지지율을 보전할 수 있을 것이다.

16일 밤 10시 30분. 나스닥 본장은 열리자마자 6퍼센트가 하락해서 서킷브레이크가 발동했고 선물은 그 틈을 치고 아래로 달려 나갔다. 오일 차트도 다시 망가지기 시작했다. 기껏 사수했던 30달러선이 깨지고, 29, 28. 단타 계약부터 청산하는 순간 세계를 뒤덮은 휘광의 한 귀퉁이가 무너져 내려서 그 부스러기가 내 품으로 날아드는 심상이 번뜩였다. 나는 헐떡이듯 웃기 시작했다. 어딘지 알 수 없는 곳에서 속삭임도 섞여 들렸다. 남의 불행을 보고 기뻐하면 안 돼. 안 되는 거야? 왜? 어차피 그 사람들이 벌어 가면 내가 잃을 텐데?

나는 혈관으로, 호흡으로, 척추로 기뻐했다. 신경 다발의 마디마다 폭죽이 펑펑 터지는 듯했다. 나스닥 120분봉이 볼린저밴드 하단에 닿는 순간 마이크로 40계약까지 마저 청산했다. 청산가는 7,087. 텅 빈 잔고 화면을 바라보다가 예수금 창을 열었다. 통화 드롭다운에서 'TOT_KRW'와 'TOT_USD'를 번갈아 클릭할 때마다 잔고가 원화로, 달러로, 원화로 변했다. 2억 3,000만 원. 빌린 돈을 제하더라도, 1억 1,550만 원. 나는 MTS를 열어 똑같은 화면을 띄우고는 달려 나갔다. 이 돈이면 엄마한테 부끄러울 게 없었다.

"엄마, 이거 봐."

엄마는 휴대폰을 빤히 들여다보다가 조금은 차갑고, 조금은 무감각한 목소리로 물었다.

"이게 뭐니?"

"돈. 내가 번 돈. 2억이야."

나는 예수금 화면의 항목을 하나씩 짚어 가면서 설명을 늘어놓았지만 그중 절반은 정운채에게 빌린 돈이라는 사실은 말하지 않았다. 그건 엄마한테 털어놓을 문제는 아니다. 나한테는 2억 3,000만 원이 있고, 아마도 더 늘어날 것이다. 아마도. 설명을 모두 들은 엄마는 무언가 골똘히 생각하는 듯하더니 입을 열었다.

"이거, 혹시 사기 같은 거 아니야?"

"봐 봐, M증권. 멀쩡한 증권사야. 정산되면 바로 환전해서 뺄 수 있어. 떼어먹힐 일도 없어."

"저번에는 돈을 빌려 가더니. 네가 계좌를 보여줬잖아. 손해가 2,000만 원이나 된다고."

그때를 떠올리자마자 얼굴이 뜨거워졌다. 나는 열기를 걷어 내리려는 것처럼 손등으로 뺨을 문질렀다. 그러자 폭발할 듯 두 근거리던 심장에서 푸시식, 김이 새어 나갔다.

"주말엔 돈이 좀 비어서 그랬어. 이젠 괜찮아. 앞으로는 안 그럴 거야."

"며칠 만에 돈이 억대로 불어나는 게 말이 되나 싶어서 그 래."

"원래 그래. 해외선물이라고, 실력만 좋으면 하루에도 두 배 세 배로 벌 수 있는 곳이야. 요새 뉴스에서 코스피가 폭락했다 고 난리잖아. 이것도 저것도 다 떨어지고 있다고. 해외선물을 하면 그런 상황에서도 벌 수 있단 말이야."

"그러면, 그만큼 잃을 수도 있다는 거 아니니?"

엄마는 별 생각 없이 물은 듯했지만 갑자기 심장이 아파 왔 다. 나는 신나서 놀이공원을 뛰어다니다가 일행을 잃어버린 아이처럼 주위를 두리번거렸다. 엄마가 내 눈앞에, 하지만 아 주 멀리 있었다. 여전히 석상처럼 공허하고 믿음 없는 눈. 스 피커가 망가져 음악이 멈추듯 흥겨움이 멎었고 나는 다시 절 박해졌다.

"아니야. 다시 잃진 않을 거야. 나, 더 많이 벌어서 아파트를 살 거야. 그래서 거기서 아주 조용히 아무 걱정도 없이 지낼 거 야. 엄마랑 같이. 정말이야. 욕심도 안 부리고, 아파트 하나만."

"그러면 좋지."

엄마는 감흥 없는 목소리로 답했고, 고개를 수그렸다. 기대했다가 배신당하는 일에 너무 익숙해진 나머지 어느 무엇에도 희망을 걸지 않으려는 사람 같았다……. 나는 이미 배신의 목록에 한 줄을, 혹은 그 이상을 내 명의로 더한 상황이었다. 1,600만 원을 빌려 간 것, 제적당한 것, 정운채와의 관계, 그리고 내가 과오로 셈하지 않은 과오들. 그 모두가 어둡고 냉담한 무게로 변해 온몸을 짓눌러 왔다. 나는 거의 울먹이듯 말했다.

"나 진짜 잘해. 어떻게 버는지 알아. 이번에는 진짜 될 거 같아. 아파트만 있으면…… 아파트…… 아파트만 사면 된다고 했어. 그러면 다 끝날 거야. 서울에 아파트를 사면, 아니, 꼭 서울 아파트가 아니더라도……."

"들어가 보렴."

나는 방으로 돌아왔다.

아파트를 사야 한다.

아파트를 사려면 돈이 더 필요하다.

돈을 더 벌어야 한다.

모니터 앞에 앉아 다음 종목을 고민해 봤다. 나스닥이나 크루드오일에 다시 돈을 넣고 싶진 않았다. 10계약 남짓으로는 단타를 칠 수 있겠지만 비중을 크게 싣고 가는 건 할 일이 못 됐다. 그러면 뭐가 있지. 유딸, 캐딸, 호딸, 옥수수, 대두박, 금, 은, 구리, 팔라듐, 천연가스, 항셍, 미국채 10년물……. 시장의 종목들은 어떻게든 접점이 생기기 마련이라서, 나는 그런 것들에 대해서도 대강의 시나리오를 짜 둔 상태였다.

결국 메인으로 고른 건 구리였다. 온갖 공업과 연관되어 있고, 중국 건설업황과도 관계가 깊은 비철금속. 다른 것에 비해서는 확연한 내림세가 적었던 종목. 관건은 폭락세가 지속되고 경제가 무너지는 것과 남미 광산들이 코로나19 확산으로 가동을 중단하는 것 중에서 무엇이 먼저겠느냐는 것이다. 전자에 걸기로 했다. 이젠 리커창지수니 PMI니 신규 주택판매니 하는 경제지표는 눈에 들어오지도 않았다.

나는 도박판 자체에 염증을 느꼈지만 테이블에서 일어나진 못하는 도박꾼의 심정으로, 수중의 칩을 모두 한 게임에 내던지듯이 구리 매도 계약을 체결했다. 구리 5월물 시세는 2.4385. 구리 1계약의 증거금은 350만 원 남짓. 40계약. 베팅액은 도합 1억 4,000만 원.

구리는 나스닥이나 크루드오일은 물론이고 금은에 비해서도 거래량이 적었기 때문에 진입하자마자 차트에 스파이크가 생겼다. 위나 아래로 삐죽 튀어나왔다가 되돌림세를 보이는 형상. 그러고는 한동안 잠잠했다. 변동성의 격랑에서 빠져나와 그나마 안온한 곳으로 돌아온 기분이었다. 나는 다른 종목에 비하면 거의 미동이 없다시피 한 구리 호가창을 바라보다가 블로그를 열었다.

[섭리와운명] (2020/3/16)
말씀대로 돼서 정말 마음 놓았습니다. 정말 감사합니다. 이렇게까지 떨어지는 걸 보니 무섭기도 한데, 혹시 더 떨어질 수 있을까요? 5천까지 간다는 말도 있어서요. 돈을 좀 많이 넣어서 그런가, 괜히 욕심이 커지네요. 그런데 미국에서 부양책이다 뭐다 해서 돈을 엄청나게 풀고 있으니까, 이렇게만 접근할 일은 아닌 것 같기도 하고요. ^^;;

짧게 답장을 썼다.

[Oikonomia] (2020/3/16)
글쎄요, 이젠 어떻다 확언하기 어려운 시점이 온 것 같아서. 지수들은 변동성이 너무 심해졌죠. 또 말씀하신 대로 부양책도 생각해 볼 문제고요. 아시겠지만 실물경기랑 금융시장은 차이가 있으니까. 리먼브라더스나 그리스 사태 때도 시장 전체가 엄청나게 급락한 다음 급반등이 나왔죠. 살기는 여전히

팍팍한데도요. 코로나도 마찬가지겠죠. 지금은 연준이 아무리 돈을 풀어도 약효가 안 먹히지만 충분히 내려간 다음부터는 또 올라갈 거예요(그게 언제일진 몰라도!).

그러니까 더 내려갈 수도 있겠지만 전 나스닥 매도 계약은 모두 정리했어요. 지금은 구리 매도로 갈아탔고요.

기다렸다는 듯 날아드는 답장.

[섭리와운명] (2020/3/16)
상세한 설명 감사합니다. 그런데 구리면 금속(copper) 말씀이시죠? 해외선물로만 투자할 수 있는 건가요? ^^;;

[Oikonomia] (2020/3/16)
국장에서는 < △△ 인버스 2X 구리 선물 ETN >이 있어요.
섭리와운명님도 충분히 수익 내시길 기원합니다. :)

섭리와운명은 내일 주식 시장이 열리면 구리 인버스 ETN으로 갈아탈까. 아마 그럴 것이다. 나한테 정운채가 구명줄인 것처럼, 나는 이 사람한테 구명줄이 되고 있으니까.

나는 남에게 훈수를 둘 입장은 아니었지만 DM 몇 줄로 남의 계좌를 주무르고 있었다. 동지의 존재 자체에 위안을 얻기 위해. 이건 꽤 치사한 일이었다. 만약 문제가 생기면 포지션만을 읊었지 사라고는 말하지 않았다며 빠져나갈 구멍이 있기 때문이다.

그래도 베팅에 실패하면 함께 잃으니까 공평한 것인가. 모르겠다……

[섭리와운명] (2020/3/16)
정보 감사합니다. 저도 말씀하신 부분 참고해서 계좌 복구해 보겠습니다.
항상 여유로우신 모습 부럽습니다! ^^

나는 한 번도 여유로웠던 적이 없었다.

〳〵

17일, 구리 시세는 2.3175. 코스피는 2.47퍼센트가 하락해 1,672포인트에서 장 마감.
저녁 무렵이 되어 김민우가 채팅을 걸어 왔다.
[Tzedakah: 살아있냐? @Oikonomia]
[Oikonomia: ㅇㅇ]
[Oikonomia: 왜]

[Tzedakah: 요새 말이 없어서]

그러고 보면 그날 이후로 말을 한 번도 걸지 않았다. 나는 대답처럼 계좌 잔고를 스크린샷으로 찍어 보냈다. 종목명인 HGK20 옆에 121,000이 빨간 글자로 찍혀 있었다. 채팅창 하단에 'Tzedakah님이 입력 중입니다……'가 몇 차례 나타났다가 사라지더니 한 줄이 겨우 올라왔다.

[Tzedakah: 12만 원 번 거?]

[Oikonomia: 달러잖아]

[Oikonomia: 1,200 곱하면 됨]

[Oikonomia: 1억 4,000 플러스]

[Tzedakah: ㄷㄷ 실화임? 며칠 됐다고?]

[Oikonomia: 원래 그래]

[Oikonomia: 이것보다 더 벌었어]

[Oikonomia: 나스닥은 정리했고 구리로 갈아탄 거임]

음성 대화 채널로 자리를 옮겼다. 김민우는 걱정했는데 잘됐다며 웃었고, 박 부장 이야기도 했다. 반등이 나온다고 한동안 호언장담하더니 이젠 남이 그 이야기를 하려 들면 먼저 끊어 버린다는 거였다. 아는 사람이 선물로 벌었다고 말하자 그렇게 위험한 건 하는 게 아니라는 답이 돌아왔다고도 했다.

"야, 그런데 주식보다 선물이 나은 거 아니야? 주식은 내려가면 그냥 잃는 건데 선물은 어떻게 되든 벌 수 있잖아?"

투자라고는 생판 모르는 사람에게서 이런 이야기를 듣자 섭리와운명이 떠오르면서 걱정스러워졌다. 심각한 하자를 교묘하게 숨긴 채, 그럭저럭 납득할 수 있는 결함과 매력적인 기능만을 내세우는 세일즈맨이 된 기분이라고나 할까. 하지만 선물판에는 직접 겪지 않으면 결코 모를 순간이 있었고, 나는 비인간적인 투자자들을 규탄하면서 젠체할 입장도 못 됐다. 토요일 새벽에 있었던 일을 털어놓기에도 면이 안 섰다. 그 시간을 도대체 누구한테 내보일 수 있을까. 결국엔 고레버리지의 위험성을 정론처럼 읊을 수밖에 없었다.

"그래도 그거는 박 부장 말이 맞는 게, 쉽게 번 돈은 쉽게 없어지니까⋯⋯."

시답잖은 이야기를 잠깐 나누다가 밥 약속까지 잡았다. 회사 일이 바빠서, 4월 말에나 시간이 날 거라고 했다. 여기까지는 무난한 대화였다. 채팅이 끝나자마자 나는 김민우에게 알려주지 않은 비밀들을 행동으로 증명하려는 것처럼 아무 주식의 종목토론방에나 들어가 게시글을 하나씩 읽기 시작했다. '힘든 장 서로 잘 버텨 봅시다', '-48퍼센트. 지금이라도 손절해야 하나요?', '사람 놀리는 새끼들 칼에 찔려 죽어 봐야 정신을 차리지', '주담대 1억 7천+신용 5천+저축은행 2천 매일매일이 지옥입니다'. 저 사람들은 저기에 있고 나는 여기에 있으니까, 이 비참과 가까워질 일은 없으리라고 생각하면서.

가까워져선 안 된다고 다짐하면서.

나는 분명히 돈을 벌었다. 꽤 많은 돈이었다. 하지만 기쁨은 오래 가지 않았고 후퇴를 면했다는 안도감만이 목줄처럼 목을 조이고 있었다. 행복한 결말은 결코 되지 못할 감각이었다. 6,000만 원의 수익이 반나절 만에 2,000만 원의 손실로 돌아서는 판국에 1.4억 원으로 마냥 안심할 수는 없었다.

한편으로는 1억 원이 날아가서 인생이 망하는 경우는 수도 없이 많지만 1억 원이 생긴다고 해서 앞길이 확 트이진 않는다는 사실이 불공평하게 느껴지기도 했다. 그건 아마도 0에서부터 시작해 무한을 향해 쌓여 나가는 것들의 특징일 것이다. 나는 그 높이를 기준선으로 나누어 보았다. 원룸이나 투룸 전세를 얻고 슬슬 평범한 여유를 누릴 만한 돈, 몇 년쯤 학업에 매진할 만한 돈, 나이 든 가족을 걱정 없이 부양할 만한 돈, 아파트를 사기 위한 돈. 각각은 한국에 사는 사람이라면 모두 체크리스트처럼 가진 소망이었지만 기준선 위로 단숨에 치고 나가는 방법은 서로 달랐다.

은행 빚으로 쌓은 돈은 웬만하면 무너지지 않았다. 빚도 사실은 여력이 있어야만 낼 수 있는 거니까, 아무것도 없는 사람에게는 100만 원어치 긴급대출조차 나오지 않으니까 그건 어엿한 직장과 그럴듯한 경력의 다른 형상이라고도 할 수 있었다. 반면 나는 당장에라도 꺼질 듯한 비눗방울을 쌓아 올리고 있었다. 고개를 수그리면 투명한 겉껍질 아래로 지면까지의 거리가 여실히 보였고 위를 올려다보면 갈 곳이 아득했다. 게다가 비눗방울은 제멋대로 부풀었다가 쭈그러드는 게 일상이었다.

투자 커뮤니티에는 이런 농담이 있다. 지금 당장 포지션을 잡은 다음 소주병으로 머리를 갈기라고. 기절했다가 깨어나면 부자가 되어 있을 거라고. 옳은 방향을 고르더라도, 뷰에 확신이 있더라도 시시각각으로 오르내리는 숫자 앞에서 평정을 유지하기란 사실상 불가능하기 때문이다. 지금이 계좌의 고점일 가능성과 갑작스러운 소식이 추세를 바꿔 놓을 가능성이 한 세트였고, 지금이 계좌의 고점이 아닐 가능성과 한동안 추세가 계속될 가능성이 다시 한 세트였다.

돈을 잃거나, 돈을 덜 벌거나. 둘 사이에서 결단을 내리고 겸허히 결과를 받아들일 상황은 아니었다. 아파트를 사야 한다는 그 한 줄이 절대평가의 항목처럼 저 멀리에, 차트가 요동치면서 향하는 곳 어딘가에 도사려 있었다. 언제든지 급반등이 나올 수 있다는 불안감에 거의 잠들지 못했다. 두세 시간쯤 눈을 붙였다가 계좌가 새파랗게 변하는 장면 앞에서 소스라치게 놀라며 깨어나기 일쑤였다. 그런 꿈을 꾼 다음에는 도대체 무엇이 사실인지 감이 잡히지 않아서, 계좌를 몇 번이고 들여다봐야만 했다. 그리고 구리 계약을 그대로 내버려 뒀다.

18일, 구리 시세는 2.1865. 코스피는 4.9퍼센트가 하락해 1,591.2포인트에서 장 마감.

비록 수익이 나고 있을지라도 이건 비이성적인 짓이었다. 스스로에 대한 확신도 없이 내릴 거라는 직감만으로 40계약을 붙잡고 오버나이트를 거듭하는 건 투자라기보다는 도박이었다. 건설경기 침체나 중국 지방정부 부채와 관련한 기사를 긁어모아서 주구장창 읽긴 했어도 그건 결국 자기 위안이었지 투자의 뷰를 세밀하게 갈고닦는 작업은 되지 못했다. 또 이렇게까지 절박할 일이 아니라는 생각도 있었다. 투자는 반드시 합격과 탈락으로만 나뉘는 게임은 아니니까, 서울에 아파트를 사지 못하더라도 3억 원이면 충분히 많은 돈이니까 지금 멈추더라도 상당한 성공을 거둔 셈이었다.

그런데도 뭔가가, 이성이나 타산으로는 도무지 설명할 수 없을 충동이 나를 계속 조급하게 몰아갔다. 나는 많이 미쳐 있었고 많이 피곤했다. 짧은 잠에 들었다가 깨어난 뒤에는 잔고가 늘어났다는 데에 기쁨을 얻는 게 아니라 고작 두 시간밖에 흐르지 않았다는 사실에 아득한 절망을 느꼈다. 언제 끝나지? 도대체 언제까지 이래야 하는 거지? 아직 며칠밖에 지나지 않았는데? 하지만 조금만 더 버텨야 했다……

14일부터 19일까지, 나는 거의 먹지 못했고 조금 가벼워졌다. 몸무게뿐만이 아니라 마음도 그랬다. 감정은 인간 본연의 것이 아니라 교육과 문화의 작용이라고들 했다. 속이 답답하고 축 가라앉는 느낌을 우울감으로 받아들이고, 머리가 뜨거워지고 핑글 도는 감각을 분노로 규정하는 데에는 후천적인 면이 있다는 것이다. 나는 긴장과 불안과 더 많은 것들을 내려놓았다. 혹은 한때 그런 이름이 붙었던 것들로부터 라벨 스티커를 떼어 냈다. 심장이 두개골까지 올라와 귀 바로 근처에서 뛰는 듯해도, 속에서 무언가 치미는 듯해도 이젠 괜찮았다. 그건 몸의 문제지 내가 아니었다. 마침내 남은 것은 딱 한 문장. 돈을 벌어야 해. 정말로 돈을 더 벌어야 해.

평생의 배신을 단번에 되갚기란 그 무엇보다 큰 탐욕일지도 모르겠지만 난 그걸 바랐다. 그걸 위해서 정운채에게 돈을 빌렸고 엄마를 배신했고 거짓말을 거듭했고 세상이 내가 목표한 곳까지만 망가지기를 빌었고 섭리와운명을 목표에 끌어들였다. 갖가지 과오에 대해서는 판단을 미룬 상태였지만 이따금 라벨을 떼어 낸 것들이 불쑥불쑥 나타나 목구멍을 틀어막았다. 구리 그래프를 보면서, 블로그의 댓글을 확인하면서, 종목토론방의 암울 앞에서, 어깨를 굳힌 채로 입을 꽉 깨물었다. 눈물이 올라오려는 것처럼 눈가에 무언가가 쏠리는 느낌이 들었는데 정작 울음이 나오기는커녕 즐겁기만 했다. 뭘 잘했다고 울지.

19일 정오, 코스피가 8퍼센트 하락해 1,500을 뚫고 내려갔고 나는 꿈을 꿨다. 아주 커다란 거인이 진흙 공을 부스러뜨리 듯이 지구를 양손으로 붙잡고 쪼개는 꿈이었다. 개미처럼 작은 사람들이 손가락 아래에서 뭉그러졌고 비명과 고함이 울렸고 피가 흘렀다. 나는 거인의 어깨에 걸터앉아 즐겁게 구경하고 있었다. 그러다가 크게 소리 내어 웃자 사람들의 시선이 내게로 몰렸다. 무언가 잘못되었다는 생각에 어깨에서 뛰어내려 달음박질치기 시작했다. 깨끗하고 화사한 거리가 내 앞에 펼쳐졌고 단정하게 꾸며진 카페도 있었다. 도망치던 것조차 잊고 들어갔다. 홍차와 조각케이크 세트가 3만 3,000원이나 했다. 포크로 끄트머리를 잘라 정삼각기둥을 만든 다음 혀에 올리자 매끄러운 크림이 살살 녹았고, 함께 나온 홍차가 단맛과 씁쓰레한 맛의 균형을 잡아 주었다. 군더더기 없이 가벼운 행복감이 내 몸을 뜨개담요처럼 감싸안았다. 한편으로는 갑자기 저 하늘이 두 쪽으로 갈라지면서 역병과 메뚜기 떼를 내리는 상상도 해 보았지만 그런 일은 없었으므로 계속 케이크를 즐겼다. 나는 이집트의 파라오가 아니며 저기에 서 있는 사람도 모세가 아니라 카페의 직원이라는 사실. 그 사실 속에서 나는 상쾌하고 참담했다…….

눈을 떴다. 봄 햇살이 비눗방울 안에 갇힌 빛처럼 사방으로 튕기며 무한한 색채로 빛났고 차분해진 심장에는 꿈의 여운이 남아 있었다. 나는 이상한 예감 속에 MTS를 열어 차트를 확인했다. 구리 5월물은 급락세를 보이며 2를 깨고 내려가고 있었다. 1.9780. 리먼브라더스 사태 당시의 가격이었고 10년 래 최저가였다. 그걸 보는 순간 내 안에서도 무언가가 깨졌다. 이것으로 충분했다. 나는 정말로 그만두고 싶었다. 구리가 더 하락하더라도 아무 미련이 없었다.

40계약을 한꺼번에 청산했다.

수익은 5억 5,000만 원.

단타 수익금과 시드를 모두 합쳐서, 잔고는 8억 원.

정운채에게 빌린 돈을 갚더라도, 7억 원.

일주일 만에, 7억.

도무지 현실감이 없었다. 누군가에게 이 사실을 알리지 않으면 금방 모든 게 거짓말처럼 흩어져서 없던 일로 돌아갈 것만 같았고, 한편으로는 말하는 순간 꿈에서 깨어날 것만 같았다. 비틀거리며 거실로 나섰지만 엄마는 없었다. 그 모임에 갔다면 저녁이 되어서나 돌아올 거였다. 아버지 방의 문은 닫혀 있었으므로 나도 내 방으로 돌아왔다.

정운채에게 먼저 말을 할까. 아니면 김민우와 만날 약속을 잡을까.

조금 늦게 섭리와운명 생각이 났다. 아직 3시가 되기 전이니까 ETN을 처분할 수 있을 거였다.

[Oikonomia] (2020/3/19)

이제 충분한 것 같아요. 저는 방금 전에 구리 계약 다 정리했
어요. 당분간 매매는 쉬려고요.

그렇게 답글을 보낸 다음 블로그에도 짧은 글을 썼다. 1월
말부터 폭락으로 뷰를 잡고 있었는데, 이젠 끝이라고. 지금 당
장 반등이 나올진 모르겠지만 나 스스로는 매도 포지션을 더
잡을 생각이 없다고. 등록 버튼을 누르고 나오니 알림이 하나
떠 있었다.

[섭리와운명] (2020/3/19)

말씀 감사합니다. 저는 조금 더 가져가 볼 생각입니다.
덕분에 많이 복구했습니다. 앞으로도 건승하세요! ^^

나는 섭리와운명을 말리지 않았다. 시장의 방향을 누가 장
담할 수 있을까? 명확한 포지션을 가질 때에는 안다고 믿어야
하지만 상황이 바뀌면 언제든지 주장을 철회할 수 있는 것이
투자자의 미덕이자 악덕이었다. 지금은 악덕에 가까울지도 모
른다. 나는 섭리와운명의 건승을 기도했고, 차트 뒤편에 남을
사람에게 손을 흔들듯이 구리 10계약을 다시 매도했다. 체결
가격은 정확히 2.0000이었다.

그리고 긴 잠에 들었다.

↗

저녁에 일어났을 때 구리 가격은 훌쩍 반등해 있었다. 나는 시시각각 늘어나는 손해를 바라보면서 옛 유대인들의 제의를 떠올렸다. 그 사람들의 제물은 크게 두 종류였다고 한다. 제단에 바친 다음 제사장과 부족 사람들이 나누어 먹을 수 있는 것. 모두 불태워서 사람은 아무것도 가지지 못하도록 하는 것. 전자는 대개 평화 제물이라 불렸으며 친교와 안정을 뜻했다. 후자는 번제물로서 속죄 의식에 함께 바쳤다. 제물을 올릴 때, 땅에 가치 있는 것을 남기지 않으려는 태도는 그 자체로 의미있었다.

구리 시세는 이제 2.1600이었다. 매도 10계약의 손실은 정확히 4만 달러. 약 5,000만 원. 나는 그것을 마저 청산했고, 섭리와운명에 대해서는 생각하지 않았으며, 다만 이것이 내 번제물이기를 빌었다.

9

남은 돈은, 7억 5,000만 원.

잔고를 멍하니 들여다보고 있으려니 문밖에서 달그락거리는 소리가 났다. 내 방은 거실보다는 부엌 쪽에 가까웠다. 문을 열고 고개를 살짝 돌리자 가스레인지 앞에 선 등이 보였다. 베이지색 모직 블라우스가 곧 부스러질 유화처럼 흐렸고 주전자 주둥이로부터 솟아 나오는 김은 희미한 숨결 같았다.

나는 엄마 뒤에 가서 섰다. 엄마는 컵에 꽃차 두 스푼을 넣고, 물을 따르고, 꽃차 병의 코르크 마개를 닫고서야 내 존재를 알아차렸다. 눈이 마주치자마자 머리가 핑글핑글 돌았고 심장이 뛰기 시작했다. 울고 싶은지, 웃고 싶은지, 소리를 지르고 싶은지, 여유롭게 조곤조곤 말하고 싶은지. 하나의 목표

아래 뭉쳤던 에너지가 사방으로 뻗어 나가며 내 몸을 이리저리 잡아당기는 듯했다. 나는 씨근대듯 숨을 몰아쉬다가 겨우 한 마디를 뱉었다.

"7억이야."

"7억이라니?"

이런저런 일을 거쳐 7억 5,000만 원이 생겼으며, 이중 1억 원은 갚아야 하는 돈이고, 남은 돈으로는 아파트를 살 생각인데, 그 아파트는 너무 비싸서는 안 되지만 주변 환경이건 실내건 살기 좋아야 하고 시세 상승 여력 또한 충분해야만 한다고, 설명하고 싶었지만 무언가가 복받치는 탓에 도무지 길게 말할 수가 없었다. MTS 화면이 찍힌 휴대폰을 엄마에게 들이밀고서는 검지로 잔고의 숫자를 짚어 나갔다.

"일, 십, 백, 천, 만, 십만, 백만, 천만, 억. 칠 억."

그리고 나는 엄마의 반응을 기다렸다. 엄마는 소리를 지르지도 흐느끼지도 않았다. 삶의 각본가가 달아났다는 소리를 전해들은 것처럼, 그래서 그다음 전개를 어쩔 수 없이 상상하게 된 배우처럼 가만히 서 있을 뿐이었다. 그러던 어느 순간 진짜니, 하는 소리가 아주 느리게 들렸고 나는 응, 진짜야, 하고 답했다.

"이제 아파트만 사면 돼."

"네가 어떻게."

"어떻게 하는지 알고 있었어. 원래는 작년에도 이럴 수 있었어. 반년이나 늦었어."

이젠 솔직해질 때였다. 엄마는 나를 위해서도 꽃차를 한 잔 타 주었고, 함께 방으로 가서 문을 닫았다. 나는 대학교에서 제적당한 것에서부터 4억 8,000만 원을 벌었다가 모두 잃은 것, 그리고 다시 기회를 잡은 것까지를 모두 말했다. 정운채와의 이야기를 빼면 아무것도 감추지 않았다. 그걸 가만히 듣는 엄마의 얼굴은 심각했고, 슬펐고, 조금은 기뻐 보였다. 그렇게 표정의 결이 바뀔 때마다 나도 심각했고, 슬펐고, 조금은 기뻤다. 몇 년째 개봉이 미뤄졌던 영화의 시사회장에 서서 관객들의 반응을 살피는 기분이었다. 만족할 만한 이야기였나.

그러고 보면 엄마가 집에서 즐거워하는 걸 본 적이 없다. 그 건강 모임에서, 다른 사람들 사이에 있을 때 활짝 웃는 모습을 보지 않았더라면 엄마한테 웃음이라는 게 있는 줄도 몰랐을 것이다. 나는 내심 그 순간을 기대하면서 마지막으로 물었다.

"나, 잘했지."

"고생했어."

잘했지, 에 대한 반응으로 고생했어, 가 나오는 건 어떤 대화일까. 엄마는 나를 위로하고 감싸고 격려하고 싶어서 그런 말을 한 걸까, 아니면 차마 잘했다고 말할 수는 없어서 그렇게 대답을 피한 걸까. 엄마의 표정에는 묘한 기운만이 어려 있었으므로 나는 더 궁금해하지 않기로 했다. 가망 없는 기대를 이어가는 건 아무짝에도 쓸모없는 일이다.

"앞으로 어떻게 할 거니?"

"생활비로 조금 남기고, 나머지로는 아파트를 살 거야. 학교에 다시 갈지는 모르겠어."

"아버지한테는 말할 거야?"

그러고는 엄마의 질문이 다시, 내가 줄곧 생각해 왔지만 한 번도 생각하고 싶지 않았던 주제를 찔러 들어왔다. 일단 정운채에게 1억 원을 갚아야 하고, 내년 6월에는 6,500만 원가량의 양도소득세를 국세청에 바쳐야 한다. 남는 돈은 5억 8,000만 원. 그 정도면 사업과 빚을 함께 정리하기에 충분한 돈일 것이다. 그런데 아버지는 사실을 알게 되면 나한테 뭐라고 할까. 빚을 깔끔하게 지우면 나한텐 얼마가 남는 걸까. 그건 소란을 불러오는 값으로 평안을 지불하는 것과 비슷한 일인 듯했다. 두 배로 머리가 아프고, 나로서는 딱히 득이 될 게 없었다. 그러니 대답하고 싶지 않았다…….

"몰라."

언젠가는 타산 이상의 것들을 배워야 한다는 사실을 알았다. 지금은 아니었다. 삶은 계속될 테고, 스물세 살은 무능력과 무지를 사치처럼 누려도 괜찮을 나이였으며, 나는 피곤했다.

"이제 쉴래. 쉬고 싶어."

엄마가 내 어깨를 가볍게 토닥여 주었다. 나는 충전 데크로 향하는 로봇 청소기처럼 방으로 돌아갔다. 충전이 필요했다.

✎

4만 달러를 선뜻 포기하고 세속적인 절박감으로부터 벗어나는 결말은 욕망의 서사로서는 꽤 그럴듯했다. 달리 말하면 그건 기승전결이 조율된 픽션에나 나올 법한 해결책이었다. 속죄 제물이다 치고 돈을 확 뿌리는 건 개버릇에 불과했고 시장은 계속됐으며 나는 내 안의 무언가를 갈무리할 필요를 느꼈다. 멀쩡하고 건강한 방식으로.

문명이 내버린 모든 미덕이 자연에 도사려 있다고 믿는 중년처럼, 바로 다음날부터 시외의 관광명소를 찾아다녔다. 첫 여행지는 호수를 낀 조각공원이었다. 봄볕은 선명하면서도 날카로운 구석이 전혀 없었다. 경사로를 걸어 올라가는 동안 사람을 한 명도 보지 못했다. 세피아 톤으로 빛이 바랜, 어느 좋은 시절에 뒤늦게 발을 들인 기분이었다. 호수 위로 뻗은 데크 난간에 기대어 수면을 내려다보다가 조각공원으로 향했다. 연한 회색 돌을 깎아 만든 조각상이 눈길을 끌었다. 거대한 손 두 개가 원형 프레임 안에서 새끼손가락을 걸고 있었다. 작품 설명을 두어 번 읽었고 견고한 약속이 가져다주는 울림을 느끼려고도 해 보았지만 아무것도 마음에 와 닿지 않았다.

산에 인생이 담겨 있다는 소리도 비슷했다. 아무리 높은 산이라도 한 걸음씩 올라야 한다, 정상에 이르러 내려다보는 풍경이 가장 아름답다, 그럼에도 언젠가는 다시 내려와야 한다는 말들. 내가 할 소리는 아니지만 왜들 그렇게 오르내리는 걸 좋아하는지 모르겠다. 그건 질곡으로부터 도무지 벗어날 수 없는 부류의 자기위안이거나 너무 여유로운 나머지 역경을 독특한 스릴로만 즐길 수 있는 부류의 사치 같다. 등산을 한 차례 다녀오자 그건 확신이 됐다. 나라면 평탄하게 닦인 산책길이나 걸었을 것이다.

그렇게 이곳저곳 돌아다니다가 그만 방에 드러누웠다. 정운채를 만나야겠다는 계획도 미뤄지기만 했다. 어차피 저쪽에서도 연락하지 않으니까. 돈을 빌린 입장에서야 아쉬울 게 없으니까. 잔고가 넉넉해서인지 아버지가 고함을 지르든 사업이 어떻게 되어 가든 신경이 쓰이지 않았으므로 정운채를 붙잡고 울 필요조차 없었다. 환청도 멀찍이 물러나 들리는 걸 보면 그 점에서는 확실히 정신상태가 좋아진 듯했다. 엄마랑도 언제나처럼 잘 지냈다. 엄마는 스도쿠를 풀고, 나는 옆에 가만히 앉아 있고. 김민우랑은 종종 시답잖은 이야기를 하고. 4월 말에는 한번 만나 고기를 먹기로 했고.

문제는 내가 정말로, 아무것도 신경을 쓰지 않게 됐다는 거였다. 나가질 않는데 70만 원짜리 신발이 무슨 의미인가 싶었고 게임은 로딩 창을 보자마자 지겨워져서 금방 꺼 버렸다. 블로그 접속조차 귀찮았다. 이따금 서너 계약씩 단타를 쳤는데 올라도 내려도 심드렁했다. 계약을 체결하는 순간 심장에 미미한 열기가 스미는 게 유일한 위안이었고 수익금은 그냥 숫자 놀이 같았다. 잃을 때는 과일의 썩은 부분을 도려내듯 계약을 잘랐다. 이렇게 되니 단타 승률이 거의 8할이었다. 매매에서 승리를 거두기 위해서는 초연해져야 한다는 게 이런 뜻이었나.

그러니까 나는 남들이 결코 가르쳐주지 못할 깨달음을 얻었다. 혹은 무언가를 완전히 잃어버렸다. 2월 29일부터 3월 19일까지의 시간 속에, 날뛰는 차트 어딘가에 아주 중요한 걸 두고 온 듯했다. 원유 인버스 ETN을 사고, 나스닥 매도 포지션을 잡고, 다시 구리 매도로 옮겨 갔을 때의 감정은 먼 과거인 듯 아득했고, 한편으로는 그게 고작 20일간의 기억이라는 사실이 놀랍기만 했다. 왜 그렇게 절박했을까. 세상은 왜 이렇게 좋아졌고 나빠졌을까.

나는 유가와 코스피의 숫자들을 예견했지만 파멸의 명세는 모두 틀렸다. 셰일 업계가 줄도산하는 일도 중국 지방정부가 모라토리엄을 선언하는 일도 없었고, 3월 19일은 주식 시장의 바닥이었다. 윤전기를 두 배로 돌려 화폐를 찍어 내면 그만인 것을 왜 망할 걱정부터 하고 있었는지 모르겠다. 금리를 낮추고 대출을 퍼 주면 길 잃은 돈이 생기는 법이었다. 급락이 너무 심했다는 공감대도 있었다. 적금만 부어 온 사람들이 저점을 잡아야겠다는 마음으로 시장에 뛰어들었다. 신용카드를 만들 나이가 되기도 전에 주식 계좌부터 튼 아이들도 있었다. 이곳저곳에서 곡소리가 났던 게 아득한 과거의 일이었던 것처럼 코스피는 벌써 1900 언저리를 복구한 상태였다. 한 달 만에 시장 전체가 25퍼센트가량 오른 셈이었다.

동학개미라는 단어도 생겼다. 개인 투자자들이 외국인과 금융기관에 맞서 주가를 지킨다면서, 그게 꼭 동학농민운동 같다면서 생긴 별명이었다. 이제 시장의 대세는 '개투'에게 달려 있다는 것이다. 말도 안 되는 소리다. 그건 바카라에서 몇 차례 좋은 패를 잡았다는 이유만으로 카지노 자체를 이겨먹을 수 있다고 믿는 것과 똑같은 일이다. 금리를 올리고 국채 매입을 줄이기만 하면, 게임의 규칙을 바꾸기만 하면 카지노는 플레이어를 언제든지 박살낼 수 있다. 뱅커의 승리도 플레이어의 승리도 결국엔 카지노가 허락하는 영광인 것이다.

그래서인지 뉴스를 볼 때면 강원랜드에 갔던 기억이 떠올랐다. 흉흉한 이미지와는 달리 카지노 내부는 더럽지도 어둡지도 않다. 화려한 불빛이 이곳저곳에서 반짝이고, 벽은 깔끔하고 밝은 색이고, 테이블에 칩을 올리는 몸짓에는 활력과 투지가 깃들어 있다. 진짜 그늘이 보이는 건 굽이굽이 도는 산길을 타고 내려와 사북읍 읍내로 진입한 다음부터다. 거기에는 언제부터 있었는지 모를 차들과 전당포와 불법 대출을 알선해 주겠다는 현수막이 있다. 전율도 파멸도 없는 곳에는 지극한 현실감만이 감돈다.

그 산길 사이에 선 기분이었다. 이쪽에서는 스크린에 얼굴을 비추던 사람들이 병으로 죽고, 수십만 개의 일자리가 사라지고, 공장이 가동을 중단하고, 자영업자들이 빚더미에 깔리는데 저쪽에서는 동학개미들이 이 승리가 영원하기라도 할 것처럼 축포를 터뜨렸다. 나는 테이블에서 막 일어난 사람으로서 이게 그토록 즐거울 일은 아니라고 말하고 싶었지만 설득할 길이 없었다. 실패하지 않았는데도 남들을 막아 세우려는 건 이해받기 어려운 일이었다.

게다가 시장 분위기는 더없이 좋았다. 초심자들은 순진한 야망에 취해 있었고 노련한 도박꾼들은 평소의 유연함을 발휘했다. 이제 비농지표는, 즉 비농업부문 고용지수는 낮은 게 호재였다. 실업자가 많고 회사들의 사정이 처참할수록 강력한 경기부양책이 나올 거라는 이유에서였다. 실물경제와 금융시장 사이에 괴리가 있다는 게 투자의 상식일지라도 나는 위화감을 느꼈다. 카지노만을 바라보면서 살아가기로 작정한 부류가 온 땅을 뒤덮는 듯했고, 저금리 기조와 양적 완화가 만들어

낸 섬광을 영원한 찬란함으로 믿으려는 듯했다.

　3월 초의 질문이 다시금 눈앞에 나타났다. 욥의 친구처럼 불행에 공의의 도식을 적용하는 것과 저 하늘의 심판 따위는 생각하지도 않는 것 중에서 무엇이 더 나쁜 일인지. 이 세상은 도대체 어떻게 되어 가고 있는지. 나는 시장의 분위기가 익숙했지만, 그 익숙함이 좋았지만, 온 땅이 시장으로 변하는 상황은 상상해 본 적이 없었다. 세상의 축이 잘못된 자리로 옮겨 온 것만 같았……. 나는 내가 정확히 무엇을 불편하게 느끼는지 알아내려 애썼다. 이 상황으로부터 벗어나는 것도, 앞날을 상상하는 것도 답을 찾은 다음의 일이라는 생각이 계속 들었다.

　하지만 고민이 깊어지려 하면 차단기가 내려오듯 생각이 가로막혔다.

╱

　원자재 선물 시장에는 개인 투자자나 거대 금융이나 헤지펀드의 자산 운용역 외에도 더 많은 플레이어가 있다. 콘벨트(Corn Belt)의 기업농, 남아공의 팔라듐 광산, 비철금속 제련소, 목축업장, 산유국, 정유사, 원유 저장고의 주인들. 그들은 현실에 대한 보험으로 파생상품 포지션을 마련했다.

　비록 차익을 노린 투기시장처럼 굴러갈지라도 선물은 기본적으로 현실에 대한 약속이었다. 5월에 해당 상품을 이 가격으로 팔겠다, 하면 5월물 매도 계약이 되고 6월에 해당 상품을 이 가격으로 사겠다, 하면 6월물 매수 계약이 된다. 따라서 어떤 종목은 계약을 청산하지 않고 최종 거래일까지 남겨 두면 실물인수도 의무가, 즉 상품을 넘겨주거나 받을 의무가 생긴다. 그중에서도 크루드오일의 거래 규모는 1계약당 1,000배럴. 16만 리터.

다른 종목과 달리 크루드오일은 3월 19일 이후로도 하락이 계속돼서, 지금은 20달러 언저리로 시세가 내려가 있었다. 보관할 방법이 마땅치 않다는 게 가장 큰 이유였다. 비철금속류는 공터에라도 쌓을 수 있고 주가지수야 자리를 차지하지조차 않지만, 원유는 부피가 엄청난 데다가 저장고 탱크가 가득 차면 더 담을 방법이 없었던 것이다. 이렇게 수요가 떨어진 상황에서는 가격이 더 낮아질 수도 있다는 게 중론이었고, CME는 만약의 사태를 대비해 마이너스 호가 제도를 신설한 상태였다.

물론 이건 개인 투자자가 신경 쓸 문제가 아니었다. CME와 연계된 증권사들은 만기가 닥치기 전에 미리 거래를 닫고 계약을 강제로 청산했던 것이다. 실물인수도 종목은 인수도 신고 시작 기간 전날에, 현금결제 종목은 최종거래일 전날에. 스탠다드 크루드오일은 전자인 탓에 매매가 막혀 있었지만…….

거래 규모가 스탠다드의 1/2인 미니 크루드오일은 아직 호가
창이 열려 있었다.

[Web발신]

[M증권] 해외선물 만기안내

142-03**-**54-1

E-mini Crude Oil 2020.05

매매정지일 : 2020/4/20

- 반대매매 종목안내

선물 : 선물 매수/매도 미결제잔고

옵션 : 실물인수도 매수옵션 미행사 포지션

(단, 실물인수도 매도옵션, 현금결제 매수/매도옵션은 반대매매

미대상이나, 결제지연 및 오프라인수수료 부과 등의 불편사항이

있을 수 있습니다.)

- 반대매매 시간안내

SGX: 오후 1:00

HKFE: 오후 4:00

CME/EUREX: 익일 오전 3:30

(2020/4/17 오전 9:00)

4월 20일. 미니 크루드오일 5월물의 마지막 날이자 김민우와 저녁 약속이 잡힌 날이었다.

/\/

전등을 켜지 않아도 방이 충분히 밝았다. 전기담요는 넣어 놨지만 선풍기를 꺼내기엔 일렀다. 습하지도 않았다. 얇은 이불을 한 겹 덮고 누워만 있어도 시간이 빠르게 흘렀다. 휴대폰을 꺼내서 뉴스를 살피면 난리통도 이런 난리통이 없는데, 이렇게 한가하게 늘어져 있어도 되나 싶었다. 묘한 죄책감을 느끼려던 찰나 아버지가 방에 들어오더니 나를 끌고 나가다시피 했다. 말이 씨앗이 된 게 아니라 생각이 씨앗이 된 판국이다.

"이제 곧 졸업이지."

"예."

"졸업하고는 어쩔 생각이냐."

"취업해야죠."

"자소서니 인턴이니 할 게 많은데 준비는 되어 있고."

"예."

"방에 드러누워서 놀고만 있는 것 같은데 강의는 듣고 있는 거냐."

"예."

"강의 시간표 좀 뽑아 와라. 한번 봐야겠다."

"녹화 강의라서, 듣고 싶을 때 몰아 들으면 돼요."

대전제가 잘못된 대화가 성립할 수는 없었고 나는 난처하기만 했다. 그래도 밉다는 생각이 안 드는 걸 보면 양심이 남긴 남았나 보다. 아니면 아예 아버지라는 사람을 마음의 영토에서 치워 버렸는지도 모른다. 매미 소리에 순간적인 짜증을 느낄지라도 매미를 혐오하진 않듯이, 경멸도 냉담도 발붙일 곳이 없으면 금방 마르고 흩어져 버린다.

하여간 아버지는 옳은 말을 했고 나는 화낼 입장이 아니었으므로 가만히 들었다. 아버지는 내가 갑자기 고분고분해진 게 참신한 반항이 아닌가 의심했고 일부러 험한 분위기를 만들기도 했는데 할 말은 여전히 없었다.

"그래서 잘할 수 있을 것 같으냐. 그렇게 매양 늘어져 있어 가지고."

"어떻게 되겠죠."

"생각이라는 걸 도통 안 하고 사는 것 같아서, 걱정이 돼서 그런다."

"필요한 만큼은 하고 살아요."

세상사가 심드렁해졌다 뿐이지 타산을 재는 능력은 건재했다. 나는 여전히 베이커휴즈 리그 수와, 미국 날씨와, OPEC 발표와, 원유 재고량과, 양적 완화의 규모와, 중국의 경기 부양책과, 세계의 모든 단편을 하나의 흐름으로 엮어 차트의 방향을 그릴 수 있었고 그럭저럭 잘했다. 이대로라면 부동산이 엄청나게 오를 테니까 어디든 간에 등기를 하나 쳐야 한다는 것도 알았다.

그런 의미에서, 나는 아버지에 대해서도 많이 생각했다. 이 아파트의 시세는 2억 원 남짓이니까 담보대출금은 그 아래일 거라고, 저축은행과 신용대출을 감안하더라도 사업을 정리하는 데는 의외로 큰돈이 들지 않으리라고, 계속기업가치가 청산가치를 하회하는 한은 지금 당장에라도 멈추는 게 나으리라고, 엄마 명의를 생각해서도 그 편이 깔끔할 거라고, 그런데 솔직히 돈이 아깝다고. 이걸 어떻게 솔직히 말할 수 있을까.

"인생엔 계획이라는 게 있어야 하는 거야. 어느 분야 위주로 지원할지, 자취하면 돈 관리는 어떻게 할지, 적금이나 자산 관리 같은 건 어떻게 할지 계획서를 써 와라. 독립하면 그런 걸 모두 생각하고 살아야 돼. 아르바이트를 좀 해 봤다고 그렇게 늘어져 있을 일이 아니란 거다."

한동안 침묵이 맴돌다가 아버지가 입을 열었다. 걱정 담긴 목소리였다. 얼마 전까지 1,000만 원으로 그 난리를 부려 놓고 지금은 이러는 모습이 웃기다고 생각했지만, 그 둘이 큰 차이가 없다는 것도 알았다. 냉담해지는 법을 모르는 사람은, 모든 순간에 진심을 걸고 그만큼을 돌려받고자 하는 사람은 쉽게 화내고 쉽게 다정해졌다. 하지만 그 마음이 무엇이든 간에 난 여전히 아버지에게 줄 게 없었다.

그래서 이제는 확실히 후레자식이 된 듯했고, 한편으로는 이 순간을 비웃게 됐다. 자신이 무슨 게임을 하고 있는지도 모르는 사람을 상대로 내 패만 실컷 세고 있는 기분이었다. 실실 비어져 나오는 웃음을 잡아 누르려는 찰나 이상한 느낌이 마음 한구석에 스몄다. 나는 고개를 수그린 채 답했다.

"좀 생각해 볼게요."

"언제까지 써 올 거냐."

"일단 오늘은 말고요. 저녁에 약속이 있어서."

〽️

저녁 8시의 대학가는 쓸쓸하다 못해 황량했다. 카페는 진작 셔터를 내렸고 이자카야와 퓨전포차 간판들만이 소용없는 불을 밝히고 있었다. 나는 고깃집 문에 두 손을 딱 대고 안쪽을 넘겨다보았다. 인테리어가 그런지, 아니면 집기를 빼고 있는지 이상하게 휑한 느낌을 주는 실내. 어둠에 잠긴 원형 테이블들. 바닥에 비스듬하게 누운 에어컨. 유리에 이마까지 붙인 찰나 등 뒤에서 익숙한 목소리가 울렸다.

"야."

청바지에 체크무늬 남방을 걸친, 곰 같은 인상의 남자가 나를 뚱하니 바라보고 있었다. 김민우였다. 김민우는 못 본 사이에 살이 조금 쪘고 다크서클이 늘어 있었다. 회사가 IT 쪽이라서, 코로나 시국에도 밥그릇 걱정은 없는데 일이 많아졌다고 했다. 오늘도 퇴근하자마자 막 여기로 왔다는 거였다.

"여기서 학교 다녔어?"

"무슨 학교."

"너도 대학교를 다니긴 했지 않냐."

"그건 성북구에 있다니까. 저 위쪽. 왜?"

"평소에 보던 곳에서 보면 될 걸 꼭 장소를 여기로 잡은 이유가 뭔가 싶어서 그런다."

"여기, 아는 사람이 하는 가게거든."

"오늘 안 여는 거 같은데. 말 안 하고 온 거야?"

"그렇게까지 친한 사이는 아니고…… 블로그에 댓글 달던 사람이라서."

섭리와운명은 아무 소식이 없었다. 블로그 갱신마저도 끊겼다. 자영업자에게는 힘든 시기니까 예전처럼 블로그를 운영할 수는 없을 거라고 생각해 보았지만 마지막 DM이 마음에 걸렸다. 3월 19일에 2를 깨고 내려간 후로, 구리 가격은 급등세를 보이며 2.4선까지 오른 상태였다. 20퍼센트의 상승. 2X 인버스에는 40퍼센트의 하락. 인버스를 계속 붙들고 있었으면 손해가 심했을 거였다.

나는 가게 문이 닫힌 게 오늘 하루만의 일이기를 기원했고, 한편으로는 미안함을 떨쳐 낼 방법도 고민해 보았다. 매도 포지션은 19일로 끝이라고 블로그에 글을 썼고 DM으로도 답장했으니까, 계속 인버스 ETN을 끌고 가겠다고 한 건 섭리와운명이니까 내 책임은 아니다. 그래도 그 종목을 알려준 건 나였는데. 봄을 조금이라도 더 버텨 보려는 마음을 탐욕이라 부를 수도 없을 텐데.

궁지에 몰린 사람에게는 어리석음도 용기도 될 수 있는 절박함이 있기 마련이고, 그게 무엇이었는지 드러나는 건 결판이 난 다음이다. 그러니까 내 용기와 섭리와운명의 어리석음은 크게 다르지 않을 거였다. 좋은 결과를 얻어 냈다는 이유만으로 나를 뒤쫓아 오던 탈락자를 무시하고 싶지 않았다. 조언을 무시하고 욕심을 부리다가 망한 거라고 말하고 싶지도 않았다. 하지만 눈앞의 광경이 순전히 내 탓이라 믿기엔 부담이 너무 컸다. 한참을 머뭇거리던 끝에 생각을 그대로 털어놓았다.

김민우는 침묵으로 일관하다가 이야기가 모두 끝난 다음에야 한마디를 던졌다.

"어차피 자영업자들, 가만히만 있어도 망한다더라. 여긴 대학가라서 손님도 더 적을 테고."

얼굴도 모르는 고깃집 사장이야 어쨌든 간에, 옆에 있는 사람부터 안심시키려는 투였다. 그 태도가 고맙고 또 묘했다. 슬프다거나, 두렵다거나, 낯설다거나 하는 말들로는 설명하기 어려운 기분. 사람을 짓누르지 않을 만큼 가벼운 절망감. 나는 멍한 기분으로 입을 열었다.

"이거, 내가 알기로는 개업한 지 두 달쯤 됐거든."

"그래서?"

"겨울방학 때, 대학생들 없을 때 가게 준비해 뒀다가 학기 초부터 매출이 나올 예정이었을 텐데…… 이렇게 됐다는 거지. 죄다 비대면 강의라서."

"안 됐네."

"좀 그렇지."

"자리 자체는 좋아 보이는데."

김민우와 나는 일 분쯤, 묵념하듯이 가만히 서 있었다.

"아무튼, 다른 데 가자. 살아 있는 곳 매상이라도 올려줘야 할 거 아니냐."

섭리와 운명의 가게가 아니라면 굳이 여기에서 먹을 필요가 없었다. 대학가란 원래 대학생들의 지갑 사정을 봐 주는 곳이니까, 직장인과 전업 투자자에게는 급이 안 맞는 것이다. 김민우도 내심 비싼 고기를 기대하는 듯했다. 차돌박이나 대패삼겹살 말고 숙성 한우 같은 거. 누가 데려가 주면 좋겠지만 자기 돈으로 사 먹기에는 영 아까운 거. 어차피 내일은 누가 뭐래도 월차를 쓸 작정이라서, 좀 늦어도 괜찮다고 했다. 나는 2월의 마지막 날에 정운채와 갔던 가게를 떠올리고 택시를 불렀다. 택시가 이 자리로 오기까지 팔 분의 여백이 있었다.

"그나저나 학교 다시 다닐 거야?"

"죄다 그 소리야."

"스물세 살짜리가 로또를 맞았는데 안 궁금하게 생겼냐."

"모르겠어. 솔직히 내가 지금 일 학년부터 시작하는 게 무슨 의미인가 싶고."

"대학은 나오는 게 좋지 않아?"

"대학 다녀 봤자 취직 말고는 할 거 없잖아. 원래 일은 하기 싫고 돈은 많이 벌고 싶은 놈들이 하는 게 선물이거든. 나도 그렇고."

"그러면 계속 전업 투자자로 살려고?"

"그것도 생각 중이야. 일단 아파트를 사야 하는데…….."

"갭투자."

김민우가 스피드퀴즈라도 맞추듯이 그 말을 툭 던졌다.

"아니, 실거주. 어디로 할지 고민이긴 한데."

"어쨌든 건물주가 된다는 거잖아."

"건물주도 건물주 나름이지."

미국이 경제대책으로 달러를 잔뜩 찍어 내고 있으니까, 코로나 사태가 수습되면 부동산이 전체적으로 오르리라는 건 확정에 가까운 사실이었다. 지금도 슬슬 기미가 보였다. 하지만 아무거나 살 수는 없었다. 지방 변두리의 이십 년 된 아파트들은 웬만하면 빌라보다도 가망이 없으니까. 수도권에서도 상급지와 중급지와 하급지가 갈렸다. 강남 3구, 용산, 노도강, 금관구. 과천과 인덕원. 하남. 분당. 위례신도시와 청라신도시.

부동산 카페에 가입해서 글을 읽는 동안 얼마나 어지러웠는지 모른다. 저 동네는 원래 부촌이었는데 재개발 후로 들어온 것들은 민도가 낮다, 어디는 유구한 거지 동네인데 집값이 올랐답시고 콧대가 높다 하는 이야기들. 폭락을 외쳐 대는 무주택자들은 멍청한 죄로 벌을 받으리라는 말들. 시장과 공의의 나쁜 부분만을 섞어 놓은 듯했다. 먹고 누울 곳에서조차 돈 생각을 하고 싶지 않다는 마음과 아무거나 살 수는 없다는 마음이 동시에 일더니 끝내 피곤해졌다.

승리의 트로피를 받아 들었을지라도 그 순간을 영원히 누리는 사람은 거의 없다. 충만감은 삶을 채우기에는 너무 짧고, 욕망이란 이루어진 목표를 새로운 목표로 교체하는 부단한 과정이므로. 그러니까 사람에게 주어진 선택지란 사실 둘뿐인지도 모른다. 갈증 속에 내달리다가 때때로 주어지는 기쁨을 달콤하게 받아들이는 것. 혹은 갈증도 짜릿함도 내버리고 다만 평온해지기로 마음먹는 것.

후자가 마음의 문제인 이유는, 욕망하기 위해서는 투지가 필요한 반면 욕망을 멈추기 위해서는 결심이 필요하기 때문이었다. 둘 중 어떤 것도 갖추지 못했다가는 이리저리 휩쓸리다가 생각하지도 원치도 않았던 곳에 도달해 있기 마련이었다.

다행히도 결심은 어렵지 않았다. 나는 지쳤고, 그럼에도 첫 번째 목표만큼은 분명히 기억하고 있었다. 고함을 듣고 싶지 않아서, 불안으로부터 벗어나고 싶어서 시작한 일이었다. 미술관 관람이니 명품이니 외제차니 호캉스니 하는 건 바란 적도 없었다. 한적하고 깔끔한 곳에서 화분처럼 살 수만 있다면 충분했다.

"지방으로 내려갈까 싶어."

"시골?"

"완전히 시골은 아니고, 혁신도시나 기업도시 같은 거 있잖아. 정부에서 공공기관이나 기업 데리고 신도시 짓는 거. 그중에서 찾아보니까 25평형 매매가가 2억 언더인 동네가 하나 있더라. 25평형 신축 분양권이…… 1억 8천. 전국에 딱 하나."

"아무리 그래도 지방은 지방 아니냐. 아파트 살 거면 서울에 사야 하는 거 아니야?"

"이거저거 다 떼면 계좌에 6억 좀 안 되게 남는데, 수도권에서 괜찮은 매물 구하려면 그거로는 안 돼. 대출을 끼려 해도 내가 학생에 무직이니까 소득증빙이 안 나온단 말이야. 아무데

나 취직해서 석 달을 버텨야 하는데, 최저임금 받을 거 생각하면 DTI가 걸리고…… 그런데 거긴 신축을 현찰로 박아도 돈이 남아. 인프라도 적당하고, 복작거리지도 않고, 나름대로 가격 방어도 되니까 실거주로 괜찮지. 결국 재테크보다는 실거주야. 이 년 지났다고 바로 팔 것도 아니라서.”

“뭐가 복잡하네.”

“아무튼 적당한 곳에 아파트 하나 사고, 나머지는 주식에 넣어 두려고. 주식은 잊고 지내도 괜찮으니까.”

“야, 맞다. 주식.”

“응?”

“원유 인버스 있잖아. 저번에 추천한 거. 계속 올라가고 있던데, 그거 지금 사도 돼? 아니면 다른 게 낫나?”

나는 뜻밖의 질문에 미간을 좁혔다. 섭리와운명 이야기를 들어 놓고서 이런 질문이라니.

“저번에 내가 사라고 할 때는 죽어도 안 한다면서.”

“그때는 그때고.”

“지금은 뭐 달라?”

“이번에 적금 끝나서 돈 좀 생겼거든. 요새 뉴스 보면 다들 주식 이야기고, 입사 동기들도 증권사 계좌 하나씩 트는 중이고, 이제 슬슬 재테크 생각도 해 볼 나이니까.”

김민우는 박 부장이 다시 기세등등해졌다고 말했다. 3월 중

순에 신용대출을 받아서 모두 주식 물타기에 썼다는 거였다. 요새는 꽤나 수익이 나는지 입만 열면 인생 교훈을 늘어놓는다고도 했다. 버티다 보면 다 버텨진다, 정신력이 중요하다, 중간에 포기하면 이도저도 안 된다, 도전의식을 가져라, 용감한 사람이 이긴다……. 하여간 잃을 때는 후회 속에 매일매일 버티다가도 흐름이 좋은 쪽으로 기울면 모두 잊어버리는 건 투자자들의 고질병이다. 손실 확정은 무섭고 희망은 달콤해서 팔지 못한 것이지 정신력으로 버틴 게 아니라는 걸, 나는 안다. 시장에서 잃어버리는 게 돈뿐만이 아니라는 사실도 안다.

"넌 박 부장인지 누군지 그 사람 말을 듣냐. 3월에 고생하는 거 바로 옆에서 봤잖아."

"봤지."

"봤는데 왜."

"솔직히 말도 안 되는 소리라고 생각하긴 하는데, 이런 생각이 드는 거지. 저런 양반도 버티니까 수익이 나는데, 나도 그냥 괜찮은 거에 돈 묻어 두면 예금 이자보다는 더 나오지 않겠냐는 생각."

나는 나를 위로하려던 김민우의 목소리를 떠올렸고, 코로나19 확진자 수를 세는 주식쟁이들을 생각했고, 김민우가 주식쟁이들의 행렬에 들어서는 순간을 상상했다. 상상은 했지만 말하지는 않았다. 아직 겪지 못한 사람에게는 결코 온전히 전달할 수 없는 것들이 있다. 해외선물을 시작하기 전에, 내가 그 모든 실패담을 하찮은 농담으로만 보았던 것처럼. 물리법칙을 표현하는 데에 수식이 쓰이듯이 시장의 경험에는 시장의 언어가 필요했다. 하지만 차트도, 호가창도 정확한 번역어가 되기엔 부족했고 나는 내 마음을 갈무리하기에도 벅찼다. 나 따위가 도대체 누굴 걱정하고 있는 건지.

"일단 인버스는 절대 사지 마. 인버스든 레버리지든 간에, 원자재 ETN은 절대 건드리지 말고 테마주랑 급등주도 하지 말고 안 망할 회사 주식만 사서 모아. 적금 들듯이 조금씩. 반도체 장비 쪽도 좋고, 2차전지도 모멘텀이 크게 올 거고……."

미국이 달러를 뿌리고 있었다. 당분간은 계속 그럴 거였다. 각자의 마음가짐이야 어떻든 간에, 주식을 사야 하는 시대가 다가오고 있었다. 나는 술술 이야기를 풀어놓았다. 설명이 중반에 접어들 무렵 저 멀리에서부터 택시가 두 눈을 빛내며 가까워졌다.

∕↗

저녁식사는 만족스러웠다. 고기는 비싼 값을 한다. 사실은 고기뿐만이 아니라 모든 게 그렇다.

김민우와 헤어진 다음 지하철 역사로 달려가는 대신 택시를 불러서 5만 원에 수원까지 가는 것으로 합의를 봤다. 구로행은 인천으로 꺾이고 수원으로 가려면 서동탄행을 타야 하는데, 늦은 시각에는 구로행 열차만 남기 때문이다. 역사 전광판에 구로행 세 줄만 잇달아 뜬 걸 보고 현기증을 느낄 필요도 없이 택시 뒷좌석에 늘어져 있으니 돈 좋다는 게 이런 거구나 싶었다.

그런데 이상하게도 시외도로에 접어들자마자 마음이 차갑게 식더니 심장이 따끔거렸다. 어릴 적에 가지고 놀던 장난감을 찾으려다가, 저번에 방 치울 때 버렸어, 라는 소리를 들은 듯했다. 추억이나 미련 이상의 가치가 있는진 모르겠지만, 그것만으로도 충분히 소중한 무언가를 잃어버린 느낌.

집에 돌아가 씻고 누울 때까지도 나는 석연찮은 기분을 떨쳐 내지 못했다. 섭리와운명 때문은 아니었다. 불 꺼진 가게의 이미지 앞에서 묵념하기야 했지만, 그건 오히려 마무리였다. 시험 결과를 기다릴 때보다 엉망진창인 성적표를 받아들때가 차라리 편안하듯이 섭리와운명의 일도 그랬다. 그러니까 이건 김민우에 대한 감정일 거였다. 나한테 유망한 종목을 물어보는 김민우. 스물아홉 살 먹은 직장인이 주식 계좌를 트는 게 무슨 문제라도 된다고 이러고 있지. 투자는 각자의 책임인 법이고, 내가 남 인성을 걱정할 입장도 아닌데. 그런데…….

이어질 말을 찾지 못한 채로 뒹굴다가 잊고 있었던 메시지를 발견했다. 미니 크루드오일 5월물 최종거래일 통보였다. 4월 말에 주로 거래되는 건 6월물이었지만, 만기일에 변동이 심해지는 걸 노리고 매도 1계약을 담아 둔 것이다. 이 시점에서 5월물 시장의 플레이어는 크게 셋이었다. 실물인수도가 목적인 석유업계 관련자들, 스왑 거래 등의 또 다른 파생상품으로 얽혀 있는 금융기관들, 그리고 나 같은 도박꾼들.

어차피 재미 삼아 넣어 둔 거, 중간에 보면 마음이 흔들릴 것 같아서 이틀간 계좌를 아예 열지 않았다. 어차피 선물 계좌에 남은 돈은 약간뿐이니까, 예전처럼 매매에 흥미가 있는 것도 아니니까 손해를 보면 보는 것이고 벌면 좋은 거라는 생각에서였다. 아무리 그래도 그렇지 오늘이 만기일이라는 것까지 잊고 있었다니. 휴대폰으로 계좌를 확인해 보니 도박은 꽤 성공적이었다. 새벽 1시 50분. 아침까지만 해도 18달러였던 게 이제는 5달러까지 내려앉은 상태였다. 해외선물 커뮤니티에도 원유 이야기뿐이었다.

- 속보) 싱가포르 헤지펀드… 오일 매수로 '퇴학'

- 와! 석유가 삼다수보다 싸다

- 왜 미니만 거래됨?

- 저거 실물인수도로 쟁여 두면 무조건 이득 아니냐
  ㄴ실물인수도 크루드오일은 매매 못한다… 미니는 현금

결제…^^

　－6월물은 왜 안 무너짐? 조작이네 ――

　－진짜로 마이너스 가냐? CME에서 마이너스 가격 추가했
　　다던데

　　└6월물부터 적용 아님??

　떠들썩한 분위기에 덩달아 기분이 좋아졌다. 쓰레기로 가득한 방에서 골머리를 앓다가, 그냥 내버려 두고 축제에 발을 들인 느낌이었다. 그것도 역사적인 축제다. 코로나에 만기일까지 겹쳤다지만, 금융기관들의 장난질도 있겠지만 원유 시세가 이렇게까지 떨어지는 건 유례없는 대사건이니까.

　슬롯머신보다도 빠르게 오르내리는 호가창을 보자 잊고 있었던 감각이 슬며시 되살아났고 입가에서 웃음이 나왔다. 2.5달러까지 떨어졌다가 4달러로 반등하고, 1달러로 굴러떨어진 다음 2달러가 되었다가…… 이 정도로도 충분하다 싶어 계약을 청산한 다음 구경을 이어갔다. 2시 57분, 호가창에 0.025가 나타났고 그 아래로는 칸이 아예 비어 있었다. 사실상 최저가였다.

　잠깐만, 여기에서 매수로 들어가면 무조건 먹는 거 아닌가?

　다들 똑같은 생각을 했는지 곧바로 반등이 나왔다. 그래 봐야 계약당 500달러가량의 수익에 불과했지만, 어쨌든 매수를

잡은 사람은 이득을 본 것이다. 꽤 재밌는 상황이 됐다는 생각에, 나는 휴대폰을 두 손으로 꼭 쥐었다. 스릴러 영화라도 보는 것처럼 손이 땀으로 축축해지더니 머리가 핑글핑글 돌았다. 다음 기회에는 꼭 뛰어들어 보는 거야.

나는 지정가로 줄을 대어 놓는 대신 호가창이 돌아가는 모습을 보고만 있었다. 어차피 돈이 급한 상황도 아니고, 짧은 스릴을 즐기고 싶을 뿐이니까. 그 스릴에는 정확한 타이밍에 정확한 가격으로 주문을 넣는 도전과제가 포함됐다. 잠깐 기다리다 보니 두 번째 기회가 왔다. 시장가로 2계약을 밀어넣자 0.075가 체결가로 잡혔고…… 그 다음에야 내가 매도 주문을 넣었음을 알아차렸다. 휴대폰으로 시세를 보다가 화면을 헷갈린 것이다.

100만 원쯤을 허공에 날리기 전에 먼저 끊으려는데 이번에는 청산 주문이 나가지 않았다. 거부, 거부, 거부. 거래화면을 다시 확인하니 호가창 자체가 망가져 있었다. 0.100 아래에는 -475.00이 있고, -600.00이 있고, -4,900,000, -10,000,000……. 누가 봐도 버그였다. 하필 이럴 때 버그가 터지나, 하고 앱을 다시 실행하려는 찰나, 생각이 다른 쪽으로 방향을 틀었다. 나는 서둘러 커뮤니티를 열었다.

 - 마이너스 1.2달러… 유가 실화냐?

- 탱크가 가득차서 기름을 사면 돈을 준다는 거잖아 지금
- 매수 잡았는데 청산이 안 됨(E증권사)
- 지금 H증권만 이런가요?
   └K증권도 그럼. 증권사가 마이너스가격 업뎃을 안 한 듯
   └어떻게 해야 하는지…
   └몰라 나도 고객센터 전화 중임
- 석유＝산업폐기물 쓰레기 천연가스 부산물
- 6월물부터 마이너스 적용이라는 새끼 누구였냐
   └ ㅎㅎ 미안

  CME가 마이너스 가격을 추가했는데도 증권사들이 HTS 프로그램 업데이트를 미룬 탓에 일어난 일이었다. 프로그램이 가격을 인식하지 못하니 매매가 불가능해진 것이다. 게시글 목록에는 사상 초유의 사태에 신난 사람과 난처해진 사람이 뒤섞여 있었다. 전자는 아무 포지션도 없이 불구경을 하는 중이고, 후자는 나랑 똑같은 이유로 매수를 넣은 부류일 거였다. 손이 미끄러져서 망정이지, 뜻대로 됐으면 함께 고객센터에 전화를 넣고 있었으리라 생각하자 등골이 서늘해졌다. 실수가 이토록 다행스럽게 느껴진 건 처음이었다.
  하지만 석연찮은 부분도 있어서, 나는 며칠 전에 받았던 문자 메시지를 다시 확인해 봤다.

[Web발신]

[M증권] 해외선물 만기안내

142-03**-**54-1

E-mini Crude Oil 2020.05

매매정지일 : 2020/4/20

- 반대매매 시간안내

SGX : 오후 1:00

HKFE : 오후 4:00

CME/EUREX : 익일 오전 3:30

(2020/4/17 오전 9:00)

　선물은 만기일이 지나면 정산 의무가 생겼다. 실물인수도 상품이라면 물건을 직접 가져오거나 받아야 했고, 현금결제 상품이라면 그만큼의 돈이 오갔다. 개인 투자자들이 감당할 상황이 아닌 것이다. 증권사들이 만기일 전날에 계약을 자동으로 청산하는 것도 그래서였다. 방금 전에 체결된 2계약은 새벽 3시 30분에는 정리될 거였고, 정리되지 않아서 일어나는 일은 모두 증권사 과실이었다.

　증권사 시스템을 믿어 봐야 하는 걸까. HTS 업데이트도 하지 않았고 직원들은 자고 있을 증권사를. 어쨌든 수익은 수익이고, 매수를 잡은 사람들보다는 처지가 좋은 게 분명하니까 이런 걱정은 배부른 소리인 걸까. 이런저런 생각을 하는 와중에도 MTS 호가창은 여전히 뻘어 있었다. 나는 고객약관과 강제청산 메시지를 위안 삼으면서 커뮤니티로 돌아갔다.

- 산유국 줄도산 ㄷㄷ 세일업계 멸망 ㄷㄷ 대공황 시작 ㄷㄷ
- 마이너스인데 차트에는 상승으로 표시되네
- 지금 6월물 매도 들어가도 되냐?

새벽 3시 11분. 5월물의 마이너스 유가는 아직 농담에 가까운 이벤트였다. 대공황이니 멸망이니 줄도산이니 하는 단어들만 파격 세일 전단처럼 날아다녔다. 게시글을 쓰는 사람 스스로도 거기에 큰 무게를 두지 않았다. 석유업체들은 꽤나 손해를 볼 테고 자그마한 헤지펀드라면 파산에 이를지도 모르겠지만, 어쨌든 6월물은 아직 20달러선을 유지했던 것이다.

- 어차피 강제청산 되니까 괜찮은 거 아니냐?
  ㄴ나 7달러일 때 매수 잡았는데 증권사 반대매매도 안 나가고 있다…
- 흠 매도칠 걸 아쉽네 ㅠ 오늘은 항셍 수익으로 만족하기로
- 마이너스 5달러가 배럴당임? 드럼통 하나당 5달러 받는 거?

ㄴㅇㅇ

- 지금 매수한 저장고 주인들은 돈 엄청 벌 듯… 돈 받고 석
유 받고 다시 팔고

새벽 3시 19분. 시세가 마이너스 5달러까지 내려앉자 게시
판의 논조도 조금씩 진지해졌다.

- 갑자기 폭포수처럼 쏟아지네
- 매수자들 어떡함? 여기 1달러 아래에서 매수한 애들 좀 있
지 않았나?
- 고객센터 연결 안 됨
- 오일이 나스닥, 골드 다 끌고 내려간다

새벽 3시 23분. 급기야 시세는 수직으로 낙하하기 시작했
다. 매수세가 전혀 없어서, 호가창이 텅텅 비어 있다고 했다.
심심풀이 드라이브에 나섰는데 속도계가 주체할 수 없이 기
울어서 기어코 시속 200킬로미터를 찍는 느낌이었다. 떨어지
면 매도 포지션에게는 좋지만, 이렇게나 급하게 떨어져도 되
는 걸까. 이렇게나. 즐거워하지 못할 행운에 현기증을 느끼
는 순간 가격이 -38달러를 뚫고 내려갔다가 약간 고개를 들
었다…….

- 크루드오일 -37.63달러 마감
- 정리) 미니오일 계약당 최소 18,500달러 손해

　새벽 3시 30분. 들뜬 분위기가 한순간에 표백되고 현실적인 공포가 그 자리를 덮치는 찰나 심장이 다시 따끔거리기 시작했다. 택시를 타고 수원으로 돌아올 때보다 훨씬 심했다. 나는 어깨를 딱딱하게 굳힌 채, 강박적으로 커뮤니티를 새로고침 했다. 그럴 때마다 개천에서 송사리를 건져 내듯 마이너스 호가에 끌려 들어간 매수자들이 튀어나왔다. 튀어나와서 절박한 숨을 몰아쉬고 있었다.

- 무섭다 할 말이 없다
- 2천 + @ 손실 중입니다 피해자방 찾아요
- 하루 만에 -1억 빚쟁이… 허탈하다 그냥
- 이건 무조건 증권사 과실인데(K사 주거래분들 들어오세요)
    ㄴ솔직히 이 상황에서 오일 기어들어 간 거 그냥 도박인데
      반성이나 해라ㅋㅋ
    ㄴ매수매도 버튼 뽑아 놓은 건 증권사 잘못 아님?
    ㄴ아니 누가 이럴 줄 알았겠냐고
- 단체소송 준비 오픈카톡 연다

그리고 새벽 4시.

수익률을 확인할 마음이 전혀 들지 않았다. 이 사람들의 불행에 나의 다행이 한몫을 차지한 듯했고, 몸을 가누지도 못하는 사람을 목 졸라 죽인 기분이었다. 웃고 재밌어하면서. 비명을 축포로 들으면서. 속이 울렁거리더니 뒤늦은 죄책감과 가 닿을 곳 없는 후회가 일었다. 그 모든 감각 너머에는 고작 2계약으로 괴로워하고 싶지 않다고 생각하는 내가 있었다. 2계약이면 3만 7,000달러, 4,500만 원밖에 안 되는 금액인데. 객관적으로는 큰돈이긴 하지만 매수자들의 손실에서는 아주 작은 비중만을 차지하고 있을 텐데. 어쨌든 나는 돈을 벌었으니까, 돈을 벌었으면 잘된 것인데.

휴대폰을 내려놓은 다음 눈을 감고 현기증의 시원(始原)을 찾아 나섰다. 선물 시장은 원래 이렇게 굴러간다. 내 이득은 남의 손실이고, 반대로 내 손실이 남의 이득이 되기도 하고, 가해와 피해의 지분율은 이름 없는 호가창과 차트 속에서 희미해지고, 조롱과 애도와 기쁨이 공존하고, 매일매일 누군가가 죽고 또 살아난다. 그러니 증권사가 마이너스 호가를 지원하지 않아서 이 사태가 벌어졌다고, 저들의 절망은 오로지 증권사의 과실이며 난 수익만 챙기면 된다고 말하는 건 너무 뻔뻔한 태도인 듯했다. 하지만 이게 서로의 돈을 먹는 게임이라는 걸 알고 선물판에 뛰어든 이상, 그 너머를 말할 방법도 없었다.

그러니까 이건 새삼스럽게 놀랄 것도 없이 처음부터 이런 일이었던 것이다. 내가 2월과 3월 사이의 짧은 시간 동안 줄곧 저질러 온 잘못이, 이 시장의 형태로부터 결코 분리할 수 없을 악덕이 여기에도 똑같이 있었다. 나는 선물이 아니라 주식이나 부동산에 대해서도 생각해 보았다. 각각은 선물과 다른 시장인 만큼 다른 나쁨이 있었다. 공장에서 사고가 나면 노동자를 걱정하는 게 아니라 주가를 먼저 살피는 나쁨. 사람의 총체적인 가치가 소유한 아파트의 가격으로 환산될 수 있다고 믿는 나쁨. 모든 시장은 어떤 이유로든 다르게 나빴고 어떤 이유로든 똑같이 나빴다.

그리고 나는 아주 뒤늦게 시장의 참여자들이 심판을 기원하지 않는다는 사실을 떠올려 냈다. 잘못 처신한 사람은 계좌에 손해를 입었으며 그것으로 충분했다. 여기에서는 방역당국의 노고를 들먹이며 확진자들을 꾸짖을 필요도, 메뚜기 떼가 하나님의 진노라고 믿을 필요도 없다. 인간의 도리를 따질 것도 없다. 현학이나 영성을 명분 삼아 남 위에 올라서려는 이가 없다. 오직 수익률과 잔고뿐이다. 그렇다면 돈이란 무엇이고 시장이란 어떤 공간인가. 세속적인 원칙도 하늘의 공의도 그 어떤 인과도 빌리지 않고 욕망을 욕망으로서 돕는 것은. 그래서 몹시도 사나워지고 잔인해지고 무규칙해지는 것은. 그럼에도 이 견고한 세계의 중심축을 이루는 것은. 그 사이의 접점과 간극은…….

한 달간 삭혔던 기억이, 그동안 시장을 바라보며 느꼈던 껄끄러움이, 아버지에 대한 생각이, 따끔거리는 심장이 서로 맞물리며 실패한 인의와 욕망의 총체가 되었다. 나는 그것을 오래도록 똑바로 바라보다가 일어나 밖으로 나갔다.

1 0

　연락도 없이 정운채의 집으로 향했다. 왜인진 몰라도 차단
당해 있을 거라는 생각이 들었던 것이다. 어차피 현관 비밀번
호는 알고 있으니까. 그렇게 문 앞까지 갔더니 집에 사람이 없
었다. 전략적으로 퇴각해서 카페에라도 들어가 있어야 하나,
아니면 기다려 볼까 고민하다가 깜빡 잠이 들었다. 일어났을
땐 정운채가 나를 발끝으로 툭툭 건드리고 있었다. 간만에 사
장 노릇이라도 했는지 정장 차림이었다.

　"넌 어떻게 된 게 여자애가 노숙을 하고 있냐. 세상 무서운
줄 모르고."

　"기다리는데 졸려서 그래요. 밤을 새워서."

　"그러면 집에서 잠이나 자지 뭘 한다고 왔어."

"돈 갚으려고요."

"아, 그렇지. 옷만 갈아입고 올 테니까 거기 있어 봐라."

정운채는 휙 들어가더니 휙 나왔다. 나가서, 좀 돌아다니면서 이야기하자고 했다. 몸을 일으키자 뼈가 산산조각 났다가 다시 맞춰진 것처럼 관절들이 후들거렸다. 주차장까지는 거의 좀비처럼 걸었다. 검은색 레인지로버. 나는 지적 없이도 혼자서 안전벨트를 맸다. 기분 좋은 시동음에 이어 질문이 날아들었다.

"갚을 돈은 있어?"

"있으니까 왔겠죠."

"나스닥에서 반대매매 맞은 건 어떻게 했고. 8천으로 다시 복구한 거야?"

"제 방에 감시 카메라 박아 놨어요?"

"딱 보면 알지. 너 성향상 그때 오일은 안 들어갔을 거란 말이야. 위아래로 끊어서 발라먹는 게 아니라 한 방향으로 몇 백 틱 넘게 끌고 내려가는 스타일이잖아. 그러면 오일이랑 천연가스 빼고, 이거저거 빼면 뭐가 남아. 나스닥 매도 아니겠냐."

하긴 그렇다. 8,000 근처까지 뻗은 15분봉은 다섯 번의 부재중 전화보다도 내 상황을 잘 전달해 주었을 것이다. 나는 새벽 3시에, 내가 공인인증서 비밀번호를 네 번이나 틀리고 엄마에게 애걸하고 미친 듯이 달려 ATM실에 뛰어 들어가고 편의점 파라솔 아래에서 우는 동안 정운채가 무엇을 하고 있었을까 상상해 보았다. 그러고는 반응을 보기 위해 솔직히 털어놓았다.

정운채는 꽤 재밌어했다.

"그때 전화요, 일부러 안 받았죠?"

"느낌이 딱 오더라고. 나 원래 결말 별로일 거 같으면 보던 영화도 바로 끄는 거 알잖아."

"그런데 나머지 돈은 왜 보내셨어요?"

"약속을 지켜야 내 탓을 안 할 거 아니냐. 욕심 부리다가 죽어 놓고 나한테 따지는 거, 진짜 싫어하거든. 그거 지겨워. 저번에도 말했던 것 같은데."

"지금은요?"

"벌었잖아. 벌면 잘한 거지. 잘했어."

차는 대로변을 지나고 있었다. 속도계의 시속 35킬로미터를 보자 예리한 충동이 번뜩였다. 충분한 속도인지는 모르겠지만, 상체를 뻗어 핸들을 붙잡고 꺾으면 전봇대든 다른 차에든 박을 수 있을 것이다……

나는 정운채의 웃음소리를 들으면서 살의와 안도를 동시에 느꼈다. 무가치한 것은 담배꽁초처럼 내버리지만, 살아 돌아오기만 하면 언제든 나를 받아 줄 세계에는 특유의 잔인성과 편안함이 공존하기 마련이다. 입장의 차이일 뿐이다. 무언가를 두려워하는 나와 시장을 누비는 내가 여전히 심장 속에 나뉘어 있었다. 지난 한 달 동안은 그걸 봉합할 방법을 찾지 못해서 누워만 있었나 보다.

잠깐 망설이다가 새벽에 있었던 마이너스유가 사태를 입에 담았다. 매도를 쳤는데 시세가 -38달러를 뚫고 내려갔다가 -37달러에 안착하자 피가 차가워졌고, 커뮤니티에 올라오는 손해 인증 게시글 앞에서는 죄책감을 느꼈다고. 증권사의 잘못이라 치고 넘어가기엔 내 몫도 충분히 있는 것 같았다고. 그런데 선물 시장은 원래 누군가가 죽는 식으로 돌아가니까 도덕주의를 가져오는 건 새삼스러운 일일 테고 나 자신에게도 의미가 없을 거라고. 시장이 그 자체로 악하다고 말할 수도 있겠지만, 그건 그것대로 너무 단순한 설명일 거라고.

"올해로 몇 살이었지?"

"스물셋요."

"스물셋."

정운채는 그 숫자를 되풀이하더니 먹고사는 이야기가 아니라면 치기로 취급하고 보는 어른들처럼 웃었다. 어려운 퍼즐로 골머리를 앓다가 도움을 청했는데, 관두면 편하다는 소리만 들은 기분이었다. 나는 입을 다물고 의자에 몸을 푹 파묻었다. 짧은 침묵이 흐르다가 벌써 네 번째로 듣는 질문이 정운채의 입에서 튀어나왔다.

"앞으로 뭐 하고 살 거냐."

"대학이나 갈까 싶은데요."

"네가 지금 학교 다녀서 뭘 해."

"취직하고 회사 다녀야죠. 괜찮은 남자 찾아서 결혼도 하고. 자식 계획은 딸 하나에 아들 하나."

"말하면서도 어이가 없지?"

"지방 신도시에 아파트 하나 사고, 어머니 모시려고요. 매매는 계속 할 것 같고요. 취직할 상태도 아니고, 5억으로 평생 먹고살 수도 없으니까."

나는 괜히 마음에도 없는 소리를 하다가 솔직해졌다. 정운채도 솔직해졌다.

"그러면 아르바이트 하나 하자. 부업으로 장기 프로젝트 하나 준비하고 있거든. 글만 쓰면 돼. 네 블로그 보는 사람 꽤 있잖아. 나름 캐릭터도 확실하고……."

알트코인을 하나 만들어서 국내 거래소에 상장할 예정이라고 했다. 비트코인이나 이더리움처럼 블록체인 기술을 쓰는 가상화폐지만, 비트코인도 이더리움도 아닌 것.

코인은 기본적으로 전산 데이터니까 개발에 드는 인건비를 제외하면 원가가 0에 가깝다. 공기를 떠서 팔 수 있는 것이다. 보통은 초반에 시세를 부풀린 다음 훅 팔아치우는 전략을 쓰는데, 장기전으로 가면 올렸다가, 내렸다가, 올렸다가, 내리면서 가격을 관리한다. 작전을 치는 입장에서 수익률은 후자가 훨씬 높다. 자연스러운 상승을 보일수록 신뢰도와 거래량이 올라가기 마련이니까. 물량을 쏟아내도 덥석 받아줄 사람이 많아지니까. 그렇게 시세를 움직이는 동안 교주 역할을 해 주는 사람이 있으면 일이 훨씬 쉬워진다고 했다.

들다 보니 영혼이 새어 나가는 느낌이 들었고, 조금 전에 고민을 털어놓은 것마저 우스워졌다. 마이너스 유가 이야기에 이런 대답이나 듣게 되다니. 지금 당장에라도 문을 열고 뛰어내려야 양심을 지켰다고 말할 수 있는 게 아닌가 싶었다. 양심을 논하기엔 늦어도 한참이나 늦었지만.

"사장님은 돈도 많으면서 왜 그렇고 사세요?"

"나, 기껏해야 중산층이야. 어디 가서 돈 많다고 말도 못해. 한국에 알부자가 얼마나 많은데."

"도대체 무슨 소리인지 모르겠네."

"어쨌든."

"사기꾼 될 마음 없어요."

"언제는 사기꾼 아니었던 것처럼 말하지 말고."

"그러다가 진짜 감옥 가요."

"아직 불법도 아니야. 생각 잘해 봐."

부도덕을 규탄할 마음이 없을지라도 나는 대화의 주제를 돌릴 필요성을 느꼈다. 때마침 창밖에 낯익은 아파트의 행렬이 나타났다. 저번에, 정운채가 어릴 적에 살았다며 중얼거렸던 곳이었다. 나는 이제 저 아파트의 정확한 이름을 안다. 압구정 현대. 1970년대부터 80년대에 걸쳐 지어졌고, 이름난 부촌이고, 제일 작은 평수도 20억쯤 한다. 그런 곳에서 자란 사람이 어쩌다가 돈에 미쳐서.

"그나저나 예전에 저기 살았다고 하셨잖아요."

"응. 왜?"

"갑자기 생각나서요."

"어릴 땐 저기서 살았지. 그런데 IMF 외환위기 때, 내가 중학생이었는데……."

"IMF 때 망했어요?"

"온갖 알짜 건물이 경매로 쏟아져 나왔단 말이야. 부모님이 매물을 다 받아서, 돈 제대로 불리고 이사 갔어. 저거는 재건축 될 때까지 세 주고."

나는 뜻밖의 대답에 눈을 깜박였다. 부잣집 도련님이 완전히 밑바닥으로 굴러떨어져서, 어찌저찌 발버둥을 치다가 불법적인 쪽에서 적성을 찾는 대서사시를 상상했던 것이다. 정석적인 클리셰를 벗어났으니 박수라도 쳐야 하는 건가. 아니면…….

"우리 부모님, 착한 사람이야. 고아원 봉사도 다녔고 요새도 기부 많이 해. 세금도 꼬박꼬박 잘 내고. 전세금도 몇 년째 동결이거든. 좀 확 올려도 되는데 올리라 그래도 말을 안 들어."

"그런데 사장님은 정말 왜 그러고 사세요?"

"사는 데 이유가 필요해?"

식상한 멘트를 쳐 놓고, 뭐가 그렇게 즐거운지 정운채는 또 웃었다. 나는 창밖을 넘겨다보면서 저 아파트의 행렬 어딘가에 있었을 가족을 상상해 보았다. 고아원 봉사를 다니고, 기부를 많이 하고, 세입자를 생각하느라 전세금을 올리지 않는 부부. 그리고 정운채. 흠잡을 데 없이 선량한 사람들에게서 악덕과 탐심의 결정체 같은 남자가 튀어나왔다는 사실이 운명의 무작위성을 증명하는 듯싶다가도 그렇게까지 놀랄 일은 아니라는 생각이 이어졌다. 모든 게 이토록 복잡하게 뒤엉킨 세상에서는, 돈의 흐름 속에 인과가 휘발된 다음에는 아무런 악의 없이 남의 불행을 뜯어먹을 수 있다. 추론의 힘을 잠시 내려놓기만 하면 된다.

나는 눈을 감았다. 한 해 전의 기억이 잊고 지나쳤던 힌트처럼 어둠 속에서 되살아났다.

✎

바카라니 다이사이니 하는 게임들은 49대 51의 확률로 카지노에 유리하다고 했다. 2퍼센트의 차이는 미미해 보이지만,

게임 횟수가 늘어 갈수록 큰 수의 법칙에 의해 카지노의 완승으로 수렴한다는 거였다. 유일한 예외는 블랙잭인데, 최적화된 전략으로 플레이하면 플레이어의 승률이 51퍼센트로 올라갔다.

"그러면, 블랙잭을 하면 무조건 번다는 건데요."

"아니지. 강원랜드는 일 년 내내 테이블을 돌리는데 플레이어는 달라. 집중력이 흐트러지기도 하고 체력도 떨어지고 집에도 가야지. 테이블 다이 예약은 120분이 최대라서 자리를 빼앗기면 남한테 걸 수밖에 없고. 그러니까 이건 미끼인 거야."

"미끼요?"

"내 결정에 결과가 좌우된다는 기분이 들면, 승리에 논리적인 규칙이 있어 보이면 사람은 진심으로 덤벼든단 말이야. 기회가 얼마 안 남았을 때에는 말도 안 되는 무리수를 던지고, 돈을 모두 잃어도 어떻게든 되돌아온다고. 그러다가 꽤 버는 애들도 있긴 한데 정선은 아니지. 여긴 베팅 한도가 너무 낮아서."

정운채는 주기적으로 강원랜드에, 정선 카지노에 들렀지만 도박을 즐기진 않았다. 오히려 그 반대였다. 내가 실패한 투자자들의 이야기를 찾아 읽듯이 정운채는 도박꾼들의 부침을 눈앞에서 지켜보았다. 그러다가도 가끔은 테이블에 앉아 카드를 쪼개곤 했는데 결과는 대개 시원찮았다. 어차피 많이 들고 가야 100만 원이었으므로 번다 쳐도 큰돈을 쥐진 못했을 것이다.

"야, 가자."

"칩 좀 남아 있는데요. 갈색 두 개. 드릴까요?"

"이쯤 하면 됐어. 내가 본전 치려고 이러고 있겠냐."

시간을 확인한 정운채는 저녁이나 먹으러 가자며 카지노를 빠져나왔다. 카지노는 H리조트와 같은 법인이었고 같은 건물을 쓰고 있었다. 주차장으로 향하는데 수영을 즐기러 왔을 법한 가족이 차에서 내리는 장면이 보였다. 나는 유치원생쯤 됐을 듯한 아이를 힐끔 봤다가 부모에게로 시선을 옮겼고, 둘 중 누군가는 강원랜드에 발을 들일 거라고 생각해 보았다. 풀장도 리조트도 한국에 넘쳐나는데 여기를 고를 이유는 달리 없으니까.

"카지노가 손님 끌기엔 좋은가 봐요. 강원랜드만 아니면 이 산골짜기까진 안 올 텐데."

"원래 그러려고 지은 거야. 그래서 내가 밥은 사북읍까지 내려가서 먹는 거잖아."

"그게 무슨 상관인데요."

"1980년대까지는 여기 전체가 다 탄광이었어. 그런데 석탄 안 쓴 지 꽤 됐잖냐. 산업 자체가 통째로 날아가서 할 게 없어졌단 말이야. 그래서 강원랜드를 세운 거지. 이 사람들 뜯어

먹고 사세요, 하고 나라가 허락해 준 거라고. 저기 아래 있는 모텔이랑 식당들, 죄다 도박중독자 상대로 장사하는 거야. 정상인은 리조트에만 박혀 있지 사북이랑 고한까진 안 내려가.”

“그래서 중독자들이랑 같이 지역 경기 부양이라도 시켜 주시겠다 이거예요?”

“그렇다고 치자.”

하지만 사북읍에 들어서서 보니 이것마저도 악취미의 연장이 아닌가 싶었다. 보이는 PC방이라고는 죄다 성인PC방, 그러니까 인터넷 도박을 중개하는 곳뿐이고 노래방은 성인노래방 외에 없다. 한의원과 미용실 사이에는 전당포가 편의점이라도 되는 것처럼 자연스레 끼어들었다. 성인노래방과, 캐주얼한 카페와, 전당포와, 분식집이 딱 달라붙은 광경이 이채로웠다. 그중에서도 제일 우습고 납득이 가는 사실은 길거리에 보이는 식당의 태반이 한우를 주력으로 하는 고깃집이라는 거였다. 정말, 정말 많았다.

“여긴 삼겹살만 파는 곳은 없네요.”

“한국인들 소고기 엄청 사랑하잖아. 돈을 땄는데 돼지고기를 왜 먹겠냐.”

그리고 세상에는 돈을 잃었지만 소고기를 먹는 사람도 있었다. 정운채는 읍내를 한 바퀴 돌더니 처음 들어섰던 길목으로 돌아와 차를 댔다. 모텔 건물 뒤편으로 고깃집 여럿이 쭉 모여 있었다. 정운채가 어디로 갈까 가늠하듯이 잠깐 멈춰 있는 동안 나는 모텔을 올려다보았다. 그리스 신화에 나올 법한 여신이 대리석 외벽에 조각되어 있었고, 함께 양각된 기둥 형상은 파르테논 신전을 모사한 듯했다. 구식인 느낌을 주긴 하지만 서울 한복판에 서 있어도 이상하지 않을 건물이었다.

하지만 눈높이를 조금만 낮추면 곧바로 인상이 달라졌다. 모텔은 주상복합 오피스텔처럼 1층에 상가를 두는 형태라서, 거기에만 온갖 간판을 덕지덕지 붙이고 있었던 것이다. 차량 대출, 귀금속, 상품권, 카드대출, 바둑이, 맞고, 포커, 콤프깡. 다시 고개를 들어 벽체의 여신 조각을 보자 완전히 다른 건물을 잘라 와서 접착제로 어설프게 붙인 듯한 느낌이 들었다…….

강원랜드의 깨끗한 불빛이 머릿속에서 명멸하더니 거기에 휘말려 들어갔다가 여기로 튕겨져 나오는 사람들의 모습도 언뜻 심상에 나타났다. 그래서 나는 정의로운 여신을 지탱하는 비참에 대해 생각해 보았다. 같은 세상에 속한다고 믿기 어렵지만 그럼에도 명백히 맞닿은 것들에 대해서. 그러느라 정운채가 나를 부르는 소리를 세 번이나 듣지 못했다.

//

태초에 욕망이 있었다. 더 높은 것을, 더 많은 것을, 더 좋은 것을 바라는 마음이 있었다. 사람이 그 무규칙하고 사나운 성질을 두려워하여 인과를 만들어 냈다. 인과는 책임과 비례성을, 한계를 의미한다. 따라서 문명의 시작은 천벌과 같은 사건이었다……. 모든 명분과 당위는 욕망을 속여 가두기 위한 게임이다.

그리고 나는 이렇게도 생각해 보았다. 욕망을 통치하려는 술책은 얼마나 잘 작동하고 있는가. 인간은 거기에서도 각자의 샛길을 찾아내 유용하고 있지 않나. 도덕의 원리는 부덕한 사람을 짓뭉갤 근거가 되며 인간은 곧잘 자신의 잘못에 신의 이름을 덧붙여 쓴다. 그런 기만의 역사가 시장의 잔인성으로 귀결되는 것은 필연일 것이다.

돈이 그 자체로 악하다고 말하고 싶지는 않다. 돈의 성질은 도리어 윤리와는 아무 관련도 없는 부분에서 온다. 중요한 건 그게 수많은 게임을 하나로 엮어 준다는 사실, 그리고 그 과정에서 이름과 서사를 지워 버린다는 사실이다. 사람이 익명 뒤에 숨을 때 가장 솔직해지듯이 욕망의 정직성은 무기명의 티켓 위에서 되살아난다.

불행과 절규를 팔아 치우고, 시세를 흔들어 각각의 포지션을 죽이고, 한 나라의 환율과 산업을 공격하고, 잇달아 터지는 지뢰처럼 파생상품을 매설하는 곳. 여기에서는 법과 제도조차 욕망에 부역하는 수단일 뿐이다. 금융기관과 각국의 정부는 곧잘 티켓 다발에 사람의 운명을 써서 찢어 버리고, 밟혀 죽지 않은 개미들은 그 조각을 전리품처럼 주워 쓴다. 그리고 서로 깨물어 죽인다. 아무런 적의도 악의도 없이. 패배자는 그렇게 사라지고 승리의 영광만이 영원하다. 그 모든 것이 하나다.

나는 티켓 조각을 쥔 채 시장의 중간쯤에, 바깥의 원칙이 그나마 남은 곳에 서 있다. 한 걸음을 마저 내디딜지, 물러나 원래의 삶으로 돌아갈지, 이대로 있을지는 깊이 고민해 보지 않았다. 아마도 머물러 있을 것이다. 내게는 이곳의 적당한 솔직함과 적당한 기만이 편하다. 다만 저 바깥에 새로운 티켓이 뿌려지고 있다는 사실에 긴장을 느낀다. 더 많은 사람이 여기로 오고 있다. 시장의 영토가 빠르게 넓어지며 바깥의 것들을 마저 삼키고 있다. 주검의 산에 올라선 승자가 되거나 그 발밑에 깔릴 예비대에게 찰나의 빛을 보여주고 있다. 새로운 시대, 언제라도 닫힐 수 있지만 아직은 찬란한 시대를 향한 기대감과 황폐한 공포가 동시에 내 마음을 휩쓴다.

나는 그 둘 사이에서 균형을 잡을 방법을 모른다.

Outro

   6월 30일, 섭리와운명은 여전히 소식이 없었다. 김민우의 주식 계좌는 36퍼센트의 수익률을 기록했다. 정운채는 계속 그 코인 프로젝트 이야기를 꺼냈다. 아버지는 내 취직 계획서에 만족했다. 사업이 어떻게 되어 가는지는 모른다. 제대로 대답을 들은 적이 없다. 그리고 나는 엄마와 함께 KTX에 몸을 싣고 있었다. 차내는 조용했고 초여름 볕이 내 무릎을 흥건하게 적셨다. 나는 창문 너머로 흐르듯 지나가는 산의 능선을 바라보았고, 이 열차가 향하는 곳을 떠올렸다.

   분양권을 계약한 아파트의 입주 시작일이었다. 서류 처리를 마친 다음 입주사무실에서 비품을 받아 가면 됐다. 제대로 들어가서 살기 위해서는 입주청소나 줄눈시공 같은 단계가 남아 있지만, 법무법인을 통해 등기도 쳐야 하지만, 어쨌든 지금부터는 내 명의 아래 신축 아파트가 하나 생기는 것이다. 그런데 나는 별로 기쁘지 않았다. 아직 미결로 남은 것들이 많아서일 것이다. 엄마와 함께 나가서 살겠다는 걸 아버지에게 어떻게 납득시켜야 할지 감이 잡히지 않았고, 아버지의 사업을 정리하자고 말할지 모른 척할지도 정한 바가 없었고, 앞으로 무엇을 하고 살지도 생각해 두지 않았다. 단타 승률은 아직 괜찮았고, 앞으로 한두 해쯤은 시장이 전반적으로 좋겠지만, 언젠가는 이 모든 게 끝날 거였다…….

KTX를 타기 전에 엄마에게 조금 짜증을 냈다. 가뜩이나 머릿속이 복잡한 판에 나도 잘 모르는 분양권 등기 절차를 계속 물어보니 부담스럽고 귀찮았던 것이다. 신축은 구축과는 등기 절차가 다르다지만 법무사들이 알아서 정리할 일이지 내가 그걸 어떻게 안단 말인가. 하지만 다시 생각해 보면 짜증을 낼 문제는 아니었고, 나는 좌석에 앉자마자 후회했다. 스스로가 믿는 만큼 엄마를 중요하게 여기지 않았을 수도 있다는 가능성이 나를 괴롭혔다.

나는 혹시 엄마를 내 욕망을 추동할 연료로, 최소한의 명분으로 삼아 왔던 건 아닌가. 아버지를 배신한 것처럼 언젠가는 엄마도 버려 버리는 것이 아닌가. 부정적으로 보고 싶지 않았지만, 과한 걱정이라고도 생각했지만 위기감이 엄습했다. 식은땀이 흐르는 느낌 속에 시간이 멎었고 어느 순간 엄마의 목소리가 나를 불렀다. 나는 잠시 어둠을 떨치고 올라와 아무렇지도 않은 듯, 평안한 어조로 답했다.

"으응."

"나는 지금까지 누군가가 인형 뽑기에서 경품을 뽑듯이 나를 주워 들어서 출구로 보내 줄 거라고 믿었어. 하지만 그 누군가가 너일 거라고는 생각하지 못했어. 네가 나한테 그 화면을 보여 준 다음에도 그럴 리가 없다고, 지금까지의 기대와 약속이 모두 그랬던 것처럼 금방 배신당할 거라고 중얼거렸지."

엄마는 지난 시간을 돌아보듯 초연하고 평화로운 얼굴을 하고 있었다. 잠깐의 침묵을 사이에 두고 한 문장이 반복되었다.

"그 누군가가 너일 거라고는 생각하지 못했어."

그리고 엄마의 입가에 희미한 미소가 나타났다. 참으려 해도 어쩔 수 없이 비집어 나오는 웃음. 웃음은 점점 커져서 환해지다가 얼굴을 가득 덮었다. 그 모임에서 보았던 것보다 더 밝았다. 거대한 유빙의 일부가 끊어져 내려오고 또 녹아내려서 바다의 일부가 되는 순간 같았다. 비로소. 나는 입술을 가볍게 깨물었다. 늦잠에서 깨어나 커튼 사이로 비쳐 들어오는 햇살을 보는 것처럼, 눈물이 약간 났고 심장이 따끔거렸다. 다시 그 감각이다.

나는 순간적인 이미지를 마취약으로 삼는 것이 나의 최선임을 알았고, 내가 밟아 오른 불행들과 앞으로의 악덕을 찰나의 구원 속에 감췄다. 나는 영원히 평안하게, 행복하게, 조용하게 동화책의 마지막 페이지처럼 살 것이다. 거기에서 명분은 중요하지 않다. 오로지 내 욕망이, 내가 그것을 원한다는 사실만이 중요하다. 세계가 아니라 한 사람의 삶에 대해서라면 이것으로 충분하다.

나는 그렇게 믿어야만 한다.

작가의 말

그리스 철학자들은 돈벌이 기술을 두 가지로 구분했습니다. 하나는 가정과 국가를 꾸리고 필요한 것을 얻기 위한 오이코노미아(Oikonomia)이고, 다른 하나는 오로지 부의 축적 자체가 목적이 되는 크레마티스티케(Chrematistike)입니다. 그리스 시대에는 금융이든 산업이든 지금처럼 발전하지 않았으니까, 그 둘을 나누어 추구하는 것이 가능했을지도 모르겠습니다. 그렇다면 지금은 어떨까요?

〈어차피 벼락거지⋯ '영끌' '빚투' 하는 2030세대〉.

2021년 4월에 송고된 기사의 제목입니다. 지금은 반년 사이에 또 분위기가 변했습니다만, 그렇다고 해서 2020년부터 2022년 초까지의 광풍을 문자 그대로의 광(狂)풍으로만 해석하는 것도 충분한 독해는 아닐 것입니다. 돈과 시장에는 힘이 있고, 이 시대의 일상은 그 힘으로부터 분리되기 어렵습니다. 이 소설은 그 힘에 대한 이야기입니다.

보통 소설에 돈이 등장한다면 착취나 탐심이나 빈곤 같은 주제의 들러리가 되기 마련이지만(그리고 거기에서 돈은 탈인격적이고 물질적이기만 한 것으로 간주되지만), 돈은 사실 그 자체로 하나의 주제가 될 수 있지요. 프랑스 철학자인 자크 엘륄의 말을 빌리자면 돈은 객체이기 이전에 인격적인 힘이자 권세의 존재양식이며, 돈으로 말미암은 현상들은 외적인 것에 불과하다고 합니다. 그 권세란 아마도 욕망과 매매의 힘일 것입니다.

사람이 다른 사람과 맺는 관계는 모두 욕망에 의한 것이며 사회 또한 서로 다른 욕망들이 경합하는 장이라고 생각합니다. 이해관심이라 해도 좋을 것입니다. 나와 타인의 행복에 대한 관심, 지배적인 풍속이 어떻게 변화하여야 하는지에 대한 관심, 그로 인해 타인을 규율하려는 관심 등이지요. 예컨대 저는 다른 사람들이 어떤 영화를 보든지 상관하지 않지만 이왕이면 호도로프스키와 크로넨버그의 영화가 전국적으로 상영되길 바라고, 자원과 시간이 유한한 이상 이 욕망은 일반적인 천만 영화를 바라는 관객들의 욕망과 충돌할 것입니다.

이런 충돌을 해결하는 데에는 여러 방법이 있습니다. 좋은 가치와 규범을 들어 설득에 나설 수도 있고, 무력을 동원할 수도 있고, 다수결에 기댈 수도 있겠죠. 보통은 행정적으로든 물질적으로든 비용이 많이 드는 일입니다. 설득과 토의를 위해서는 대표인단 구성과 회의장이 필요하며, 전쟁은 파괴와 살상을 수반하고, 다수의 의견을 온전히 반영하기 위해서는 대개 투표라는 물적 조건이 필요하지요.

여기에 비하면 돈은 무척이나 편리한 수단입니다. 돈은 모든 종류의 욕망에 정량적인 숫자를 매기고, 그 숫자를 다시 현실에 대한 영향력으로 바꿔 줍니다. 이처럼 하나뿐인 의자를 누가 가져야 합당할지를 논의하는 대신 더 높은 가격을 지불하는 사람이 가져가는 시스템은 잡음 없이 깔끔하고, 그래서 다른 가능성을 모두 잊어버리게 됩니다. 필요한 의자를 가지지 못한 사람조차 그 상황에 불만을 표하는 대신 자신의 돈 없음을 한탄하게 됩니다.

그러니까 '돈을 냈으니 된다', '돈이면 다 된다' 정신이 널리 퍼지는 것, '한탕'에 목숨을 건 사람들이 많아지고 그 정서가 일반화되는 것은 당연한 흐름이었으리라고 생각합니다. 영향력과 욕망을 구현할 방법을 돈 외에 상상할 수 없는 사회에서는 사람들이 돈 자체에 목을 매게 된다는 것입니다.

작중의 시기는 투자 광풍이 몰아쳤던 시점보다는 조금 이릅니다만, 그 시기가 아니었더라면 이후의 2년도 없었을 것입니다. 글에 서술된 모든 수치는 증권사의 반대매매 시스템을 제외하면(최종거래일 산정과 미결제잔고 반대매매 시간은 증권사마다 조금씩 다른 것으로 압니다) 실제 그대로입니다. 며칠 몇 시에 무슨 이유로 지수가 얼마까지 떨어졌다, 어떤 사건이 시세에 영향을 미쳤다, 트럼프가 어떤 연설을 했다, 그래프가 어떤 형세다, 하는 것들 말이죠. 5,800만 원으로 미니 5계약이 가능하다는 말에 의아함을 느낀 분도 계시겠지만 당시에는 위탁 증거금이 9,350달러밖에 되지 않았고 환율 또한 1,100원대 중후반이었기에 가능한 일이었습니다. 구리 같은 경우 인베스팅닷컴에는 2.0000을 뚫고 내려갔던 게 기록에 남아 있지 않은데, 그건 인베스팅닷컴이 4월물을 트래킹했기 때문이고, 당시 5월물은 실제로 그 가격까지 갔습니다. 한편 마이크로 크루드오일은 2021년 7월 12일에 새로 상장됐기 때문에 작중 시점에서는 스탠다드 크루드오일과 미니 크루드오일만 있었죠.

하지만 매매에 익숙하신 분이라면 미묘하게 사실관계와 어긋나거나 과도하게 생략된 부분을 발견하셨을지도 모르겠습니다. 무엇보다도 마이크로 나스닥 40계약 이상을 체결할 돈이 있었더라면 보통은 미니 나스닥을 섞지요. 한편으로는 양방향 매매로 헷지를 걸면서 가거나 유로/금 등에서 포지션을 다각화하는 게 안정성 면에서는 나았을 테고요. 또 VIX 선물은 전혀 언급되어 있지 않고, 경제에 대한 설명도 많이 축약되었죠. 이런 것들을 어디까지 넣을지가 고민거리였는데, 설명이 길어질 만한 부분은 리얼리티를 해치지 않는 선에서 모두 제거했습니다.

가족과 친구들에게, 이 책이 나오도록 힘써 주신 교보문고 관계자분들께, 그리고 이 글을 끝까지 읽어 주신 독자분께 깊이 감사드립니다.